WORK LIFE VACANCE
笑えないこと
吹っ飛ばして
バカンスみたいな

MAKO-CHAN
KAI-CHAN

OUR MORNING ROUTINE

Yes!

STEP OUT IN STYLE!

Wow!

WORK AND LIVE,
LIKE VACANCE.

はじめに

今回僕たちのこの本を読んでいただくにあたり、伝えたいことがあります。

僕らはしがないサラリーマン。ほんのちょっとSNSで有名になっただけの会社員です。

そんな僕らはまだ人生という旅の途中で、何も成し得ていません。正直、書籍刊行のお話をいただいたときには断ろうとも考えました。「僕らが書籍を出すなんて」と。ただ、僕らにはSNSの活動を始めるときに決めた「どこかの誰かを笑顔にしたい」という信念があります。

INTRODUCTION

「もしかしたら動画ではなく、書籍という形も叶えられる事もあるのではないか」

そのようにふたりで話して、書籍を出すと決めました。

僕らはこの本で読者に説教を垂れる気もなければ、成功者の自伝のような偉そうなことを書く気も毛頭ないです。この本を読んで「素晴らしい出世をする」ことはないかもしれないし、「価値観が180度劇的に変わる」こともないかもしれません。ただ、僕らがこの本を書くにあたってほんの少しだけ想いを込めているとすれば、この本を手に取ったあなたが、辛くなったときにこの本を開いて、少しだけほんの少しだけ、前向きになってくれたならという願いです。

ワークライフバカンス

ワークライフバカンス

通称「ワラバカ」。元・会社の同期のふたり組。
「同期と同棲中」と題して、古民家ルームシェアの様子を発信中！

まこちゃん

中村《なかむら》　誠《まこと》

1996年12月15日生まれ／身長177.9cm

結婚を考えていた彼女との同棲解消をきっかけに、同期の家に転がり込んだ男。本業会社員のかたわら、兼業で動画投稿を続けている。笑い声が鳴り響くときに、決まってそこに居る生粋の笑い上戸。大のポメラニアン好きで愛称はまこらにあん。

かいちゃん

甲斐《かい》　清彦《きよひこ》

1997年4月6日生まれ／身長180.1cm

恵比寿の土地に憧れ引っ越すも入居4ヶ月で同期が転がり込んできて入居半年で築50年の家に引っ越すことになった男。
元高校教師で今はオンライン学習塾を運営。屈託のない笑顔で女性を魅了するが、実は計算高いあざとい系男子！？

SELF-INTRODUCTION

もくじ

CHAPTER 2
友達とか、恋人とか、同期とか

Yes!

CHAPTER 3
キャリアに悩むお年頃

CHAPTER 4
楽しく、自分らしく生きたい

CHAPTER 5
日常の中に遊びを見出す

Staff

デザイン：APRON（植草可純、前田歩来）
イラスト：Shiho So（highlights Inc.）
撮影：三瓶康友
スタイリスト：藤長祥平
ヘアメイク：久保フユミ（ROI）
DTP：Office SASAI
校正：麦秋アートセンター
編集協力：堀越愛
編集：林怜実（KADOKAWA）

CHAPTER 1

急遽、同期と同棲中

ふたり暮らしの始まり

かい　出会った頃は、まこちゃんが先輩・俺が後輩という立場だったよね。俺がわちゃわちゃと「中村さん、褒めてくださいよ～！」と絡みに行ったのをきっかけに仲良くなって。毎日一緒にランチしたり、恋バナをしたり……1年くらいで同じ役職になって、会社ではずっと一緒にいたよね。当時同棲していた彼女と「うまくいっていない」と聞いたので「なんかあったら、いつでも俺んちに泊まりに来いよ～」と言ったら、本当にちょくちょく泊まりに来て（笑）。

まこ　そんな感じだったね（笑）。元々、一緒にランチをしているときから冗談っぼく「一緒にSNSやろうよ！」って言われてたんだよね。おふざけの延長で言ってるのかと思ってたら、彼女と別れて時間ができたのを見計らったかのように「SNSやろう」って真剣なトーンのLINEが来て。「本気でやるつもりがあったら、スマホ持ってうちに来い！」って言われたんで、ホントにキャリーケースを持って家に押しかけたのがSNSスタートの流れ。

かい サプライズ訪問だったね（笑）。

まこ インターホンを押すところからカメラを回してね（笑）。その日は出社前に会社近くのロッカーにキャリーケースをぶちこんで、退勤後に回収。そのままかいちゃんの家に行った。

かい 「SNSやろう」と誘ったのは俺だけど、実際にスタートしたのはまこちゃんのサプライズがきっかけだね。

まこ 誘われても、俺はずーっと煮え切らない態度をとってたよね。動画配信なんて別世界のことだと思ってたからやる気もなかったんだけど、彼女と別れたのを機に「やってみるか」と。新しい趣味を始めるぐらいの感覚だったよ。

かい 俺はずっと真面目に誘ってたんで、まこちゃんが家に来たときは「やっと来たか」と思ったよ（笑）。かなり嬉しかったな。

まこ 正直、最初はこんなにがっつり同棲するとは思ってなかったよね。でもSNSを始めたら初月で跳ねて、リアクションがあるのが嬉しくて、ハイになった（笑）。そんなとき、かいちゃんが「会社辞めて独立する」と言い出して。俺は仕事を辞める予定はなかったんで、撮影する時間を作るために一緒に住むことにしたんだよね。

かい それから、当時俺が住んでいた部屋だと撮影するにも限界があって。それで一緒に古民家に引っ越し、僕らの新しい拠点での同棲生活が始まったね。

ルームシェアを楽しむ秘訣は、「友達」と住むこと!?

まこちゃん

今、僕らは一軒家を借りてルームシェアをしています。

ルームシェアの良いところは、なんといっても「ひとりじゃ住めないような家に住める」ってこと！　一軒家なんてひとり暮らしだったら絶対に選ばないけど、かいちゃんと一緒だからこそ、こんなに広い家に住めています。

それから、なにか面白いことが起きたときにすぐ共有できる相手がいるのも良いところ。

僕らの毎日は「全部生配信しても良いんじゃないか？」ってくらい、面白いことがよく起きます。常に一緒に笑える存在がいるので、常に楽しい。ルームシェアならではの楽しい毎日を過ごしています。

もしかしたら、ルームシェアを楽しむ秘訣は「友達と住む」ことにあるかもしれません。

僕は以前、彼女と同棲していたことがあります。

彼女との同棲ももちろん楽しいけど、どうしてもチラついてしまうのが結婚。彼女・彼氏の関係だからこそ、一緒に住むなら未来を見据えた関係構築をする必要があります。となると、無意識で考えてしまうのが「好かれ続けなきゃ」というプレッシャーや、「○○してあげたのに……」みたいな不満。

それから、僕は〝彼氏面〟したいタイプ。

「良い彼氏でいたい」と思いすぎて、常に理想の彼氏像を意識してしまいます。理想を追い求め、「こうしなきゃ……」「寄り添わなきゃ……」と思ってしまうのです。

だけど友達とのルームシェアであれば、そんなこと思う必要がありません。プレッシャーも不満もないし、理想の彼氏になる必要もありません。気楽すぎて最高です。要は、使命感がなくて楽なのです。

ただ、僕たちの関係はただの友達を超越しているかもしれません。

どちらか片方が湯船に浸かっている時は浴室のドアを開けて、お互いを脱衣所に呼んで立ち話をすることも、時には同居人もいない静かな空間に二人きりであーんしてるなんてことも……。

ルームシェアは友達とするのが良いです。

ただ、一緒に住む過程でそれ以上に通じ合えるような関係だと、もっと一緒に暮らすことが楽しくなると思います。

あれ？　これって結局彼氏面しようとしてません？　僕どちらかというと彼女扱いされたいんですけど……（笑）。

アラサー男性が、毎日素っ裸で走り回るルームシェア

BY

かいちゃん

ルームシェアをしていて、困ることはほぼありません。
DIYが途中から進まない、「今日片付ける」と言って2日後に片付ける……など、「まこちゃんはやりっぱなしが多いな～」と思うことが度々あるくらい。でもこれはお互い様だし、特に不満には思っていません。

強いて言えば……

まこちゃんが素っ裸で家中を走り回るのは気になります。困ってはいないんですけど、成人男性、いやアラサー男性が毎日のように素っ裸で走り回っているのです。
彼が素っ裸で走り回っている部屋にはカーテンがないので、いつか通報されるのではないかとヒヤヒヤしています。

それから、まこちゃんはよく「元カノの話」をします。

「ここ元カノと行った」「それ元カノとした」「この料理元カノに作ってもらった」

…………。僕がシャワー後に濡れたままリビングに行ったら「身体ちゃんと拭かないの、元カノと同じだ」と言われたこともあります。

僕と元カノを、重ね合わせているのです。それくらい、色濃くいろんな記憶が残っているのでしょう。


でも、男が元カノの話をするのは「未練があるから」ではないんですよね。男にとって、元カノの話は地元メンツの話と同列。だから、元カノになにか特別な感情が残っているわけではないのです。

とはいえ、次に彼女ができたとき「元カノは……」みたいな話はしないよう注意してほしいですね。

……ことあるごとに「元カノ」「元カノ」と言う今のままでは、必ず喧嘩の火種になっちゃうからね。

家探しで想定外の問題に直面！
男同士のルームシェアは高リスク？

まこちゃん

「一緒に住もう」と決めたのは良いものの、僕らは想定していなかった壁にぶつかることになります。

それは「男同士でルームシェアできる家が見つからない」という問題。

大家さん目線だと、男同士のルームシェアには様々なリスクがあります。たとえば、騒いで近隣に迷惑をかけそう、掃除をしないので家が汚れそう……など。男女の同棲以上に審査が厳しく、想定外に苦労しました。

内見をして「ここ良いね！」となっても、審査段階で大家さんからNGが出てしまう。それだけでなく、問い合わせの段階で「無理です」と言われてしまうこともありました。同性のルームシェアを受け入れなくとも、良い家はすぐに借り手が見つかります。リスクを取って、男同士のルームシェアを受け入れるメリットがないのです。

このとき感じたのが、同性でお付き合いをしている方々の苦労のこと。

僕らは友達同士のルームシェアですが、同性で真剣にお付き合いをしていて「一緒に住みたい」と思っている人も、同じように家探しに苦労しているはず。ここ数年でLGBTQへの理解が進んでいると思いきや、世間一般ではまだまだでした。

当初、僕らは「キレイで広い部屋に住みたい」と2LDK・築3年以内のマンションを探していました。でも、そういう部屋は人気のため、僕らの審査は通りません。最終的に、「僕らがキレイな部屋に住んでても、コンテンツとして面白くない」という結論に。それなら「ボロ家に住もうぜ!」と探して見つけたのが、5SDK・築54年の一軒家。

最初に考えていた部屋とは対極の、古民家です。

結果、今では「一軒家に住んで良かった！」と思っています。友達も自由に呼べるし、ちょっとうるさくしても大丈夫。一軒家のメリットを全力で享受しています。

将来的にもマンション住まいになると思い込んでいましたが、こうも広い一軒家で庭もあって好きなように暮らせるなんて最高！

将来は絶対に庭付きで天井が高い、お菓子で出来たお家にしたいと思います。犬と子供と奥さんと旦那さんで一緒に住んで、温かい家庭を築きたいです。

あ、犬僕やります。庭広いんで。

死ぬまで一緒にいたい友達だから、活を入れる

かいちゃん

今、僕らの家にはもうひとり同居人がいます。僕の地元の友達で、名前はリョウタ。

リョウタは、僕が〝転がり込ませた〟のを機にうちにやってきました。仕事を辞めてフリーターになり、ダラダラとほっつき歩いていたのを見かね、僕が「無駄な時間を過ごすくらいなら、一回うちに来て状況を変えろ！」と活を入れたのです。

元々リョウタはスポーツマンで、カッコいい人間でした。

でも正社員を辞めて夜に働くようになってから生活が乱れ、一気に20kg増量。それで自信をなくし、別人のようになってしまったのです。

僕には、「死ぬまで一緒にいたい」と思える友達としか関わらないというポリシーがあります。だからこそ、伝えたいことがあるときは常に直球。良いところも悪いところも、直球で伝えます。

リョウタに伝えたのは、「別にお前が変わらなくても俺は良いけど、お前が変わりたいなら協力する」ということ。変わる意志があるなら「うちに来い」と、年内に「就職先を見つける」、そして「20kg痩せる」を条件に、家賃ゼロでメンバー入りさせました。

彼が「本気で変わりたい」と思うならば、僕も全力で協力します。ダイエットに良いと言われるオートミールについて調べたり、ファスティングをさせてみたり……。結果、リョウタは2週間で8kg痩せることに成功。ちょっとたるんでいるなと思ったら「年内に20kgだからな！」とお尻を叩いています。

自分一人では変われなくても、僕らが環境を整えればリョウタは変われるかもしれない。自分との戦いになると甘えてしまうかもしれないけど、他人である僕らと約束することで「応えたい」と頑張れるのです。

リョウタが来たことは、僕とまこちゃんにとってもメリット。

ふたり暮らしのリズムが崩れるみたいなことはなく、むしろ助かっています。

リョウタはひとり暮らしをしたことがないので、「ひとり暮らしの練習」として洗濯などの家事を積極的にやってくれます。またYouTubeの編集も手伝ってくれるし、いさかいが起きたときの仲裁役にもなっています。

重ねて言いますが、僕は「死ぬまで一緒にいたい」と思える友達としか付き合いません。もちろん、リョウタもまこちゃんも死ぬまで一緒にいたい仲間。

ずっと友達でいたいヤツだからこそ、カッコよくいてほしい。良いところも悪いところも伝え合って、これからも良い関係を続けていきたいです。

ルームシェア、うまくいくポイントは「共用部分」の役割分担

まこちゃん

うちは、男だけのルームシェアにしては相当キレイなほうだと思います。掃除の分担は、リビング＆畳部屋がかいちゃん、キッチンなど水まわりがリョウタ、廊下＆階段＆洗面所＆トイレが僕。週末の朝にみんなで「よし！　掃除やるよ！」と一気に掃除をしています。みんなで片づけるから、掃除を楽にする一番の秘訣「そもそも散らかさない」も３人で共有できているのかも。

ほかの家事に関しては、ゴミ出しは曜日別で分担。洗濯はそれぞれ自分のものをやって、料理は僕が担当することが多いです。厳しいルールは決めず、最低限の役割分担をしているイメージです。

僕は柔軟剤の香りが好きなので、洗濯も好き。でも畳むのは嫌いなので、ハンガーにかけたまま収納できるようにしています。一方、嫌いな家事は皿洗い。なんとなく「実りがなく」感じるんです。僕が料理をするので、皿洗いはあとのふたりに任せて思いっきり散らかしています。

ルームシェアをしていて、唯一困るのが日々の献立。というのも、僕が知っているレシピはすべて元カノから学んだもの。自分から「作ろう」と思って覚えた料理がないので、どこかでストックが尽きてしまうのは必然です。

献立のアイディアが浮かばず、ふたりに「食べたいものある？」と聞いてもなにも出てこなかったときは、困りました。じゃあ、過去のレパートリーからやりくりするか……と、まるでお母さんみたいな感じで献立を考えています。たしかに、今食べたいものって思い浮かばないんですよね。思いついたときにリストにしておいてもらえると、作り手としてはありがたいものです。

家に虫が出たときは、かいちゃんの出番。カミキリムシが侵入したり、ゴキブリが出たりしたときは、すべてかいちゃんが対応しています。

かいちゃんいわく、ゴキブリは「生きた状態で逃がされるともう出なくなる」らしい。仲間に「あそこの家はやべーぞ」と伝えて、もう来なくなるという都市伝説があるそうです。それを信じ、かいちゃんはティッシュでゴキブリを捕まえて外に逃がしています。

また、庭にはハクビシンがよく出没します。ハクビシンは「糞のにおいが酷い」ことで知られており、実際にけっこうすごいにおいがします。

たまに、仕事から帰ると玄関でプーンとにおいが……

かいちゃんはお腹が弱いので「間に合わなかったのか……」と思いきや、ハクビシンだった！　ということが何度かありました。

暮らしをするというのは、家事をきちんとすることだと思います。寝るだけの家になってしまうのは退屈です。

暮らしを豊かにするためオススメなのは、家事にこだわりの要素を入れること。柔軟剤は皆と別の好きな匂いにするとか、炒め物は鉄のフライパンでするとか、コショウは炒ってミルで擦るとか、ほんの一手間を加えることだけで色んなものの結果は変わります。

一手間分のこだわりを発揮するだけで家事に対する姿勢はきっと既に変わっているることでしょう。

ぼくはその一手間を加えすぎた結果五手間くらいかけてしまうことがあります。ほぼ千手観音ですね。

ルームシェアでうまく家事をする秘訣は、役割分担を決めすぎないこと。だけど「共用部分」だけは、しっかりルールを決めるのがオススメです。そして、アイテムを使うなど家事を楽しむ工夫をして、〝作業〟から〝アクティビティ〟に意識を変えることも良いと思います。

ルールは一緒に食卓を囲むこと。会社の同僚が家族みたいな存在に

ルームシェアでよくあるのが、「ひとりになりたいときどうする？」という問題。うちの場合は一軒家なので、常に人がいて心が休まらない……みたいなことはありません。ひとりになりたいときは自室に戻ったり、長めに風呂に入ったりすればＯＫ。

同棲当初は、僕がひとり暮らしをしていたワンルームでふたり一緒に住んでいました。当時は僕も会社員だったので、一緒に通勤して、隣の席で仕事して、一緒にランチを食べて、一緒に退勤して、夜は同じベッドで眠って……。四六時中一緒にいたので「いずれ、このままひとつになってしまうのでは……」と思ってしまうほど。

まこちゃんと一緒にいるのは楽しいけど、このときばかりはさすがに「ちょっと離れたいかも」と思っていました。家族でもそんなには一緒にいないですからね。

今は程良い距離感があるので、お互いの存在に負担を感じることは一切ありません。

自然と決まったルールが、ルームシェアメンバーが揃っているときは一緒にご飯を食べること。まこちゃんが料理をしてくれるので、ひとりでご飯を食べるのではなく、みんなで食卓を囲むようにしています。

人によっては、ルームシェアをしても「家だけシェアしてるひとり暮らし」のようになることもあると思います。でもうちの場合は、どちらかというと家族に近い関係。「今から帰る」「今日夜ご飯いる?」「今駅着いたよ~」とか、家族でするような細々とした連絡も欠かしません。

会社の同期として出会った相手と、ここまで深い関係になることってなかなかないと思います。

ましてや、「会社は会社、プライベートはプライベート」と完全に分けたい人も多い時代。社風によっては、社員同士でＬＩＮＥの連絡先を交換しない会社もあるらしい……。


プライベートと仕事をきっちり分けるのも良い。けど、僕が伝えたいのは「職場で運命の出会いをすることもあるんだよ」ということ。

社内恋愛を経て結婚する人はいるかもしれないけど、職場でできた友達が家族レベルの存在になる人はあんまりいないと思います。

職場で見せる顔って、だいたいの人は〝建前〟の自分。

仕事モードで接するのが正しくて、むしろそこを崩してはいけないという風潮があるのではないでしょうか。

でも、僕は思うのです。同じ会社に勤める社員同士は、いわば同じ船に乗った仲間みたいなもの。会社の方針に沿って同じ方向を見て頑張る仲間なんだから、お互いのことを知っていたほうが絶対に良い。そのほうが、良い仕事ができると僕は思います。

会社でもふざけようよ！　……とか、そういうことではありません。

会社でも、〝建前〟の自分を崩して良いと思うのです。自分の中で「会社の人だから」という壁を作らず、一歩踏み込んだコミュニケーションをしてみると、意外と「自分も仲良くなりたいと思ってた！」という反応が返ってくるかもしれません。

そして、そこで出会った人が、「一生かけて友達でいたい」と思える存在になるかもしれないのです。

会社の人だからと言って、一歩踏み込まないのはもったいない！　まこちゃんとの食卓を通して、僕はそう考えるようになりました（あと、舌もばっちり肥えました）。

なんでも言い合えるのは、信頼しているから。熱いハグも信頼の証？

BY

まこちゃん

僕らは、喧嘩をしません。

お互い感情的にならない性格だし、基本、ぶつかり合うことはありません。

ただ、意見を言い合うことはあります。

先日、今後の活動を続けるうえでターニングポイントになりそうな話し合いがありました。

それは、僕らが今やっているＳＮＳ活動に対する熱量にまつわる話し合い。

ＹｏｕＴｕｂｅの編集って、すごく時間がかかります。かいちゃんは編集以外にもいろんな仕事をしており、だいぶ〝背負ってる〟状態になっていました。傍から見ても、余裕がないのが伝わってくる状態。

一応、少しでもアイディアの種になるような提案をするなど、僕なりに努力はしていました。でも、SNS発信に関しては僕が圧倒的にビギナー。同じ会社で働いていたときは同じレベルで意見を言い合えたけど、SNSにおいては対等ではありません。「意見を出して否定されたら嫌だな」と引け目を感じてしまい、なにか変えなきゃいけないけどなにを言ったら良いかわからない……そんな状態になっていました。

自分のふがいなさに憤りを感じ、かいちゃんに背負わせてしまっていることは自覚しつつ、なにもできない。結果、無意識にわだかまりが生まれていました。

かいちゃんも不穏な雰囲気を感じていたようで、話し合いの場を設けることに。きちんと時間を取って「腹を割って話そう」と、お互いが考えていることを忌憚《きたん》なく共有しました。かいちゃんから僕の姿勢に対する指摘をもらったり、僕からも要望を伝えたり……。

話し合った結果、僕らは活動方針を再確認。「お互いに見つめ直さなきゃいけないね」と反省し、再スタートを切ることができました。

この話し合いを経て、僕はあらためて「良い関係のふたりだな」と感じました。

友達同士だと、真剣な話し合いをすることを「恥ずかしい」とか「ホンネを隠したい」と思う人もいると思います。

でも、僕の想いをかいちゃんは受け入れてくれるし、そのうえで「どうにかしよう」と考えてくれます。それが分かっているから、僕も心置きなく本音を打ち明けることができるのです。

本音をさらけ出す話し合いには、リスクもあります。想いをぶつけ合う過程で喧嘩になってしまったり、決別に繋がったりする可能性もなきにしも非ず。

だけど僕らの関係性において、それは「絶対にない」と言い切れます。

仮に大喧嘩をすることがあっても関係性が切れることはないし、僕はかいちゃんが「否定して終わらせる人ではない」と分かっています。きっとかいちゃんも僕に対してそう思ってくれているからこそ、信頼して本音をさらけ出すことができるのです。数年後に僕らの活動を振り返ったら、この日をターニングポイントに状況が変わっているはず。

この話のあと……一つ屋根の下、僕たちは合図もなしにどちらからでもなく抱擁を交わしました。それは今までせき止めていたわだかまりを解消して、雪崩れ込んできたなにかのように――。

これは冗談ですけど、喧嘩した後の○○○がやっぱり一番燃えるじゃないですか？

「ズボラさのライン」と「ネタに昇華する」こと

かい 僕らのルームシェアがうまくいっているのは、ズボラさ・テキトーさが一緒だからじゃない？

まこ そうだと思う！

かい たとえば、「平日は散らかっていてもＯＫ」とか「人を呼ぶときにはキレイにしよう」とか……。こういう細かなボーダーラインが一緒だからか、度を越えて家が汚くなることはないよね。

まこ うんうん、「こんなもんで良いだろ」のラインも一緒。「まぁ良いか」の温度感が同じだから、多少不平不満があっても許せるんだよね。

かい 前に、部下のルームシェアの失敗談を聞いたことがある。ルームメイトが部屋をかなり汚す人で、あるとき起きたらストーブにゴミが引っかかっているのを見てしまって。それで「このままじゃ死ぬわ」と思って、ルームシェアを解消したとか……。一緒に生活する以上、ズボラさのラインが同じじゃないと絶対無理だよね。極端にきれい好きだとどっちかが負担を背負うことになるし。

まこ そうだね。彼氏・彼女の同棲になると「相手に合わせて変えなきゃ」とか「〇〇してあげなきゃ」みたいになりがちだから、友達同士だとそれがないのも良いポイントかも。

かい ズボラさのラインって、一緒に住んでみないと分からないからけっこうギャンブルかもね。でもお互いがひとり暮らしだったら、相手の家に行ったらだいたい分かるか。ルームシェアをする前に、お互いの家に泊まってみると良いかもね。

まこ うん、俺はかいちゃんの家によく泊まりに行ってたから、かいちゃんのラインはだいたい分かってたよ。

かい 俺は、けっこうキレイ好きだけどたまにズボラさが垣間見えるタイプ。仮に俺の家がすっごい汚かったら、「大丈夫か⁉」ってなってたよね（笑）。

まこ お互いのズボラさのラインは、ルームシェアをする前のチェックポイントにしたほうが良いかもね。それ以外だと、俺は「ひと笑い起こす」のもルームシェアがうまくいく秘訣だと思う。かいちゃんがちょっと疲れてるかなと思ったら、裸になってアソコを見せびらかすとか……（笑）。

かい 発想が小学生（笑）！　俺が感じてるのは、まこちゃんは「ありがとう」や「おはよう」をちゃんと言う。これ意識してるよね？

まこ よく分かってるね！

かい 育ちの良さが垣間見えるよ（笑）。この前、俺がまこちゃんの料理に「美味しい」って言わなかったら怒られたよね。「あれ嫌だった」「ごめんね」って後から言い合った（笑）。それもあって、俺も最近「いただきます」「美味しい」とかをちゃんと言うように心がけてる。人として当たり前のことだけどね。

まこ 細かいことだけど、意外と大事だよね。

かい たとえば、相手が物を出しっぱなしにしてこっちが片付けることになったとき。ちゃんと「ごめんね、ありがとう」って言われるだけで、「まぁいっか。疲れてたのかな」って思える。でも言葉がないと、わだかまりが生まれちゃう。相手の善意に対して、こまめに言葉で感謝を伝えるよう意識すると良いかもね。

まこ 一方で、なにか不穏なことが起きても、それを笑いにできるのが僕らの強み。この前さ、リョウタに「このタオル臭い！　洗濯してないでしょ！」って言ったら「してるし！」って反発されて。下手したら喧嘩になりそうなことだけど、「じゃあそのタオルで拭いてやるよ！」と身体を拭いて笑いにした。なにかあっても、面白おかしくネタに昇華できるのは僕らの良いところかもね。

かい たしかに。不満を伝えるにしても、その伝え方が大事だよね。

まこ 反発されたときにこっちも反発で返すと、ギスギスしちゃう。でも言い方ひとつで、受け取り方も変わるもんね。

かい 仕事も同じだよね。愚痴を愚痴として言っちゃうと嫌な雰囲気になっちゃうけど、ネタっぽく言うだけで面白くなる。僕らはその辺の意識も一致しているから、気が合うんだろうね。

かい先生のひとりごと

現代に生きる僕の幸せの3箇条

SNSの功罪

　SNSが発達して良くも悪くもいろんなものが目に入るようになった。そして他人の生活が透明になった。今までの時代では考えられなかっただろう。これは悪い部分もある。

「自己肯定感の低下」──SNSなんてほとんどの人は「うまくいっている時」「楽しい時」にしか上げない。旅行だったり、高級料理だったり、何かを買ったとき。その部分しか切り取られていないものをみんながあげるから、周りはみんな幸せなのに私はなんて平凡なんだろうと感じてしまったり。おすすめにはカッコいい人可愛い人が溢れている。それを見て自分はなんて可愛くないんだ、カッコよくないんだと思うこともあるかもしれない。ただあれも正直何百枚も撮って加工してよく見える写真だけを載せている。そんなもんだ。つまり、『SNSは人々の生活の良い部分を切り取っている虚像』なのだ、フィクションである。そんなものを見て自己肯定感を下げるなんて時間の無駄だ。そもそも他人と比べて競争するのが良いのはスポーツだけだ。

　隣の誰かより優っていることより、昨日の自分より成長しているか。他人と比べる必要なんてない。だって宇宙で俺は俺だけだしな。

COLUMN

よそはよそ、うちはうち

こんな言葉幼少期誰でも言われたことがあると思うが、大人になって実感する。これは真意だ。

教員時代、クラスの生徒たちに言っていた。「クラスのみんなで仲良くしよう？　俺はそんなことは言わない。無理だからだ。全員が全員仲良くなるなんて無理だ。なぜなら君たちはそれぞれ生まれた場所も違えば、親の育て方だって違う、家庭環境だって違うんだ。考え方も価値観も違うのが大前提だ。全員と仲良くできるわけがない。これは学校だけじゃない、将来会社に入ってもそうだ。ただ、何が大事か、意見や考え方の違う他者を排除するのだけはやめろ。それは間違っている。お互いが不快に感じない距離感と関わり方を見つけろ。それは絶対に今後必要なスキルになる」って。よそはよそ。合わせる必要なんかない。うちはうち。自分の価値観を大事にしなさい。

そういえば、親は「あれみんな持ってるからほしい」って言うと「よそはよそ、うちはうち」って言うのに、成績が悪いと「あそこの家みたいに勉強しなさい」って言うよね。

これはいまだに解明されない親の七不思議だ。

なるべく小さな幸せが大事

なるべく不幸は小さいほうがいい。不幸はタンスの角に小指をぶつけるくらいがちょうどいい(結構嫌だが)。ただ幸せはなるべく大きいものが良くないか？　と普通は思うだろう。ただ、大人になって、お金を持って、スマホを持てば何でもできる、便利すぎる世界になった。ほしいものがある程度手に入って、やりたいことはある程度できて、行きたいところに行けるようになった。ただ、小学生の頃学校が終わってランドセルを家の玄関に投げ捨て、友達と公園に集まって、毎日毎日走り回って、遊んでいた。あの頃の充実感はない。これが大人になるということか。幸せのハードルは上がってしまった。幸せは訪れない。幸せは感じられるかどうかだ。

ご飯が食べられる、ふかふかの布団で寝られる、あったかいお風呂に入れる。こんな当たり前も幸せと気付けるかどうかだ。なるべく小さな幸せを集めてみよう。ちなみに女性に求めるハードルも年々高くなっている話は内緒だ。

CHAPTER 2

友達とか、恋人とか、同期とか

友情と恋愛の考え方について

まこ かいちゃんは、友達関係は「狭く深く」派だよね。これってなんで？

かい 「狭く深く」のほうが疲れないから。「広く浅く」のほうが疲れないって人もいると思うけど、俺は「この人に自分の時間を使っても良い」と思えるような人としか関わりたくない。そういう関係性だからこそ生まれる思い出があると思うからさ。

まこ けっこう思想強いね（笑）。

かい でもさ、死ぬ瞬間に思い出すのって、そういう友達との時間だと思うんだよね。広く浅く関わった人なんて、1㎜も覚えてないと思うんだよ。最期に目を閉じるとき「次の人生でもあいつらと出会いたいな」って思える友達としか関わりたくない。

まこ その考え、俺とだいぶ違うわ。俺は「絶対に死なない」って決めてるから。

かい 反発するところ違うんだよ（笑）。「広く浅く」か「狭く深く」かの話だから。「死ぬか死なないか」の話じゃないから（笑）。

まこ 俺は「広く浅く時々深く」。俺には、「死んだときに……」みたいな思想はないね。

かい 思想って言い方やめて（笑）。

まこ あはは（笑）。俺は死んだときのことを考えないし、「広く浅く」からも生まれるものはあると思う。そんなこと気にして人間関係を構築してない。

かい 俺も別に、気にして構築してるわけじゃないよ。広く浅く付き合ってた人は自然と消えていって、狭く深くの人が残ってるってだけ。

まこ それはそうだね。まぁ、かいちゃんは死ぬときのことを考えて友達関係を構築してるみたいだけど、俺は死なないから……

かい ねえ話聞いてた？（笑） ちなみに、まこちゃんは「男女の友情」ってあると思う？

かい　おぉ、良い質問ですねぇ！

まこ　うざっ（笑）！

かい　俺は「男女の友情」はない派。だって、男女の友情に発展しそうな時点で、ある程度の基準を満たしてるはずだもん。本当に「一緒にいて楽しい」だけでずっと一緒にいられるかっていうと、違う気がする。やっぱ、女の子といるときと男の子といるときの楽しさって、全然違うと思うんだよね。女の子の前で、ち〇こを出して遊ぶことはできないんで……

まこ　ち〇こ出して遊ぶのが友情なの？　その定義ヤバイよ（笑）。

かい　恋愛に発展するかはさておき、女の子として魅力的なのが大前提。そこから友好関係を築くから、ゆくゆくは絶対に関係性の変化が生まれると思うんだよね。だから俺は、男女の友情は成立しないって思うタイプだな。「成立する」って言うヤツは、それを言い訳にしてるだけ。下心がある……まではいかなくても、無意識で「いけんじゃないか」って思ってると思う。異性として魅力があるから、仲良くなるんだよ。

かい 僕はまったく逆の意見だな。男女の友情はあると思うし、実際そういう友達がいたから。そもそも、愛情も友情も性別で区切るもんじゃないと思う。男同士・女同士の恋愛が成立するのと同じで、男女の友情があっても良いんじゃないかなと思ってて。ただ、俺は実際に男女の友情が成立してたんでこう思えるけど、経験がない人は「成立しない」って言うんだろうね。それも理解できるよ。

まこ 友情も恋愛も、実は正反対の考え方だね。価値観の違いが多い僕らだからこそ、たくさん〝対話〟をしてすり合わせてきたんだと思う。

マイナスな人間関係はすべて切る！ 唯一の弱点は恋愛

かいちゃん

僕は、人間関係の悩みが少ないタイプです。なぜなら、自分にとってマイナスな関係はすべて切ってしまうから。

たとえば、ネガティブな言葉しか使わない人。人を傷つける言葉を多用する人。相手の立場に立って物事を考えられない人……そういう人とは、まともに関わりたくありません。自分にとってマイナスだと思ったら、迷いなく関係を切ります。

だって、自分にとってマイナスな人間のために時間を使うのってもったいなくないですか？　まこちゃんはもちろん、家族や地元の友達など、自分が心から「大切にしたい」と思える人のために時間を使いたいし、還元したい。好きじゃない人のために時間を使うほど、僕は暇ではありません！

一方、まこちゃんは僕とは正反対。

どこでも誰とでも、円満な人間関係を築けるタイプ。「マイナスだから関係を切る」とかは、考えたことがないそうです。

良く言えば、いつどこでも輪の中心にいる、誰からも愛されるタイプ。悪く言えば、八方美人（笑）。

僕が人間関係で悩むとしたら、恋愛くらいです。

好きな人ができると「好き」という感情が邪魔して、自分を貫くことができなくなってしまうのです。

仮に彼女が自分にとってマイナスな存在だったとしても、「好きだから」と我慢してしまう……そしてめちゃくちゃ傷つく。

恋愛だけが、僕の唯一の弱点です。

イベントを成功させるには企画側が誰より楽しむこと！

まこちゃん

グループで遊ぶとき、一緒に過ごすメンバーを「楽しませられるか不安」っていう人、いますよね。そういう方にオススメなのが「企画側にまわる」こと。

そもそも、相手を楽しませるための必須条件は「自分が楽しんでいる」ことです。

大笑いしている人がいると、つられて自分も笑ってしまうことってありませんか？

相手を楽しませる前に、自分が楽しむこと。そしてそのためには企画側として〝楽しい場を提供すること〟が近道です。

最近、会社の後輩らを連れてズンバをしています。

音楽に合わせて踊ることって、恥ずかしい感情から中々踏み出せないこともありますよね。

ただ、自分が企画者になって楽しむ様子を見せて巻き込むことで輪が広がることもあります。当初3人で始めたズンバも今では8人、毎週の定例イベントになりました。

実は海外では、街中でも平気で音楽を流して、局所的に踊ったりしているんですって。僕が筆頭になってゲリラ的にズンバしますから、そのときは皆もついてきてくださいね？

というのは冗談ですが、誰かの楽しい理由のひとつが自分だったら、素敵じゃないですか？　あなたが企画者じゃなかったとしても、その企画に乗っかって最大限楽しめばOKです。

世の中は楽しいことで満ちているし、一見楽しくなさそうなことも、あなたの楽しもうとする姿勢次第で楽しくなります。

恋愛体質のこじらせ中学生(!?)が教える、浮気をしない男の見つけ方

BY かいちゃん

僕は、生まれたときからずっとモテ期です。

……って言うのは冗談で、「一生ロマンティックでいたい」というイタ恋愛観を持っているので、大人になるにつれてどんどんモテなくなってきました。

正直言って、恋愛偏差値は中学生男子と同レベル。けっこう恋愛体質で、すぐ人を好きになってしまいます。そして、付き合えたとしても長続きしません。

ちなみに、今まで好きになった人は全員ひとめぼれスタート。まず外見でビビッと来て、そこから「好き」に発展する恋愛ばかりでした。

最初に「可愛い」と思った時点でフィルターがかかっているし、相手も付き合う

前は良い顔をします。だから、付き合ってから「あれ、なんか違うかも……」と思うことも多々ありました（逆も然りで、僕も付き合う前は相当カッコつけていたはず）。

恋愛に関して、僕はかなりこじらせていると思います。

〝絵に描いたような〟ロマンティックな恋愛をしたいので、大人の汚い部分を受け入れられないのです。大人の恋愛は、好きとか愛情だけでは乗り越えられない壁がありますよね。僕のようなこじらせた男は、まだそこに対応できていません……。

恋愛体質なので、恋愛がうまくいっているかどうかで仕事にも影響が出ます。うまくいっていたら仕事もうまくいくし、うまくいかないときは仕事もうまくいかない。自分が頑張るモチベーションに、恋愛が深く関わっているのです。

恋愛で仕事が左右されるなんて……と思うかもしれません。でも、そうではない男は「浮気がうまい」んじゃないか、と僕は思ってしまいます。恋愛で一喜一憂しないなんて、器用すぎます。

僕は、絶対に浮気ができません。

というか、浮気をするくらいなら別れます。付き合っているときは彼女しか見えないし、彼女がすべて。

最近、よく女性のフォロワーさんから恋愛相談をもらいます。

僕が思うに、世の中にはあまりにもクソ男が多すぎる！　自分のまわりにそういうヤツがいないので、「浮気されて……」という話を聞くと「マジでそんなことするヤツいるの⁉」と思ってしまいます。

彼らと同じ男性としてアドバイスするのであれば、「相手のまわりにいる男性を見てみる」のがオススメ。同性に信頼されている人って良い人だし、まわりの男性が浮ついていなければ、その人も浮ついていない可能性が高いです。

その証拠に、僕の仲間にも良いヤツしかいません！　浮気をするような酷いヤツはいないので、女性にも自信を持って自分の仲間を紹介できます。

良い男かどうかの判断基準は、そいつの仲間。

仲間内みんなが〝澄んだ水〟に住んでいる男たちは、浮気もしないし女性を傷つけることもしません。一方で、遊んでいる友達が多い男は、女遊びをする確率が高いです。

男性を信じられなくなっている女性に知ってほしいのは、僕らのような天才的に素敵な男性がいるということ！

恋愛を諦めず、良い仲間に囲まれた良い男を探してください。

人生一番の大失恋があったから、今の僕がある

まこちゃん

僕は、しばらく彼女を作るつもりがありません。というのも、今の生活をしながら彼女を作っても、真剣に向き合うことができないと思うからです。

お付き合いするのであれば真剣に向き合いたいし、自分の全精力を注ぎたい。自分の仕事に加え、本腰を入れてＳＮＳ発信を始めた今、この生活をしながら彼女は作れないなと考えています。

逆に言えば、この生活をやめてでも付き合いたいと思える女性に出会ったら、全力でお付き合いすることを選ぶかもしれません。

実は、僕には少し前まで、結婚を考えた彼女がいました。

付き合って３ヶ月で同棲し、友達や家族にも紹介したし、相手のご両親への挨拶

まで済ませていました。

「このままこの子と結婚するんだろうな」と思っていたのですが、価値観のすれ違いがありお別れをすることに……。

詳細はお話しできないのですが、ひとことで言うと「お互いの見ている世界が違った」ことが派生して別れにまで至りました。


僕は全力で彼女と向き合っていたつもりですが、仕事も大切だし友達も大切。彼女だけでなく、僕の世界にはほかにも大切なものがたくさんありました。

一方、彼女の世界は完全に僕が中心。極端に言ってしまうと、僕だけしかいない狭い世界で生きていました。

見ている世界が違うことで不安が生まれ、不満が溜まり……。

結果、同棲を解消し別れるという選択をしました。


彼女との恋愛は1年半で終わってしまいましたが、濃厚で、僕にとって物凄く大きなものでした。人生一番の大恋愛と言っても過言ではありません。

同棲をしていた家から僕の荷物を運び出すため、別れてから一度だけ彼女と会ったことがあります。

そのとき、彼女は僕が一番好きだったバターチキンカレーを作ってくれました。無感情に事務的に「さよなら」をしようと思っていたのですが、バターチキンカレーを口に運んだ瞬間……自分でもびっくりしたのですが、シャインマスカットくらい大きな涙がこぼれました。

いろんな思い出が蘇り、自分史上で一番泣いてしまった日。

このときの出来事は、僕の中に「バターチキンカレー」という題名で保存されています。

大恋愛だったし、結婚すると思っていた人だったので、お別れはとても辛いものでした。でも、今となっては別れて良かったんだと思えています。

結婚していたら間違いなく今の活動はしていないし、かいちゃんとルームシェアをすることもなかったからです。

別れをただの挫折と捉えるのではなく、僕は「別れたから今の自分がある」と思えています。……これは、落ち込んでばかりいるのではなく、見知らぬ世界に飛び込むというチャレンジをしたから思えたことです。僕は新たな世界にチャレンジした結果、みんなにちやほやしてもらえてとってもＨＡＰＰＹです（笑）。

失恋をしたときの喪失感はみんな等しく味わうもの。立ち直るまでの速さは、チャレンジをしたかどうか。

そのチャレンジを起こせる人を、僕は応援したいと思います。

恥ずかしがっている暇はない！今すぐ親に「ありがとう」を伝えよう

BY

かいちゃん

僕は、母のことが大好きです。大切にしたいし、人生をかけて守りたい存在。すごく感謝しています。

というのも、母は僕や兄を育てるためにすべての時間を使ってくれたから。僕ももう大人になったし、今後は母にも自分の人生を楽しんでほしい。母のために僕ができることは、なんでもしたいと思っています。

今は月に1度、母と一緒に映画を観たり食事に行ったりしています。母の愚痴を聞いたり、僕らのＹｏｕＴｕｂｅの感想を教えてもらったり……母と会話する時間は、僕にとってかけがえのないものです。

男性だと特に、母親と一緒に過ごすことを「恥ずかしい」と思う人もいるし思います。でも、恥ずかしがっている暇はありません。「親孝行したいときには親はなし」という言葉があるように、恥ずかしがっているうちに親はいなくなってしまうかもしれません。

だから、今のうちにできることはなんでもやっておくべき。僕が母と会うのは、母のためでもあるけど、自分が後悔したくないからやっているという側面のほうが強いかもしれません。

僕は物心ついたときには父がおらず、母がひとりで僕ら兄弟を育ててくれました。正直言うと、いつグレてもおかしくない環境だったと思います。でもシンプルに母の悲しむ顔を見たくなかったし、一度もグレることはありませんでした。

僕より複雑な家庭環境で育った人もたくさんいると思うから簡単には言えないけど、僕が思うのは「環境を言い訳にして諦めてほしくない」ということ。

家庭環境がこうだからグレてもしょうがないとか、貧乏だから挑戦できなくて当たり前とか、そんなことは絶対にない。むしろ環境をひっくり返すくらいのエネルギーを持って生きていきたいと、個人的に思っています。

父がいない家庭だったからこそ、僕はしっかりしなきゃと思い、自分のことを自分で決断して生きることができました。

そして「なんかやってやろう」という僕の反骨精神めいたものは、「まわりが持っているゲームを持っていないし、身に着けるものはいつもお古ばかり。でも大人になったら、俺は絶対成功してやるんだ」みたいな幼少期の思考からこそ生まれたものだとも思っています。

人生を振り返って思うのは、今までの経験はすべて自分にとってプラスだったということ。悲しいことや辛いことも含めて、全部プラス。

むしろ、父親のいない環境で育ったことに感謝していますし、これを糧にもっと成功したいと思っています。

父がいないことで「恵まれていない」とは1㎜も思わないし、生まれ変わっても同じ環境で育ちたいし、同じ親のもとに生まれたい。

そのくらい、僕は自分の過去を「良かった」と思っています。


……また「こいつ語ってんな」って思いました？


でも、人って突然いなくなるもの。

伝えられるうちに「ありがとう」は伝えたほうが良いし、離れて暮らしている人にも、たまに電話やＬＩＮＥをするだけでも良いから連絡を取ってほしい。

恥ずかしいかもしれないけど、それより、急に失ってしまったときの後悔のほうが大きいと思うから。


言葉で伝えても伝わらないことがあるのに、言葉にしなくても伝わるなんてどうか思わないでください。

もしなにか感じることがあったら、自分のためにも、口に出して行動に移してほしいです。

コミュニケーションの秘訣は笑うこと！
僕が笑えば相手も笑う

まこちゃん

ゆうこりんはこりん星で生まれたかもしれませんが、まこりんは笑いの星のもとに生まれたと思っています（※まこりんは幼少期のあだ名です）。

お笑いに強い人みたいに聞こえますが、そういうわけではなく。ただよく笑うという意味です。

僕のモットーは、「僕が笑えば相手も笑う」。

毎日が、その繰り返し。初対面の人に対しても、常に「ひと笑いいただこう！」という想いで接しています。

ちょけることが好きなので、常にちょけている感じ……と言えば通じるでしょうか？　ちょけてスベっても、特に傷つくことはありません。

僕が楽しくて笑っているので、万が一相手が笑っていなくても、僕は楽しい。それでOKなのです。

知り合いのいない初対面ばかりの場に飛び込んだとしても、なんだかんだ楽しく、賑やかに過ごせます。こんな性格なので、自分が「仲良い」と思っていなくてもよく飲みに誘われます。そんな飲み会でも、行けば結局楽しい。

人見知りで「初対面の人と話すのが苦手」という人も、たくさんいると思います。

そんな人は、いっぱい笑ってみてください。

それだけで相手と自分の間にあった壁が低くなり、いつの間にか相手も笑ってくれると思います。

この地球が今以上に笑いにあふれて、「まこりん星」と呼ばれる日も近いかもしれません。

世間の理想と自分の理想は違う！結婚だけが正解じゃない

かいちゃん

僕は、結婚は「手段であって目的ではない」と思っています。漠然と「いつか結婚したいな」とは思うけど、「どうしても結婚したい」わけではありません。結婚を選ばない未来もあり得ます。

2歳のときに両親が離婚していることもあり、僕は結婚を「良いだけ」のものとして捉えていません。もちろんおめでたいことだとは思うけど、結婚はゴールではなくスタート。理想の結婚を思い描けば描くほど、現実とのギャップが大きくなると思うのです。

あくまでも、結婚は「どんな人生を歩むか」「どんな家族を作るか」のための手段。結婚するからには、自分のすべてを犠牲にしてでも守りたい……いつか結婚をするなら、そのくらいの決意を持ってしたいと思います。

そして、「結婚していない＝愛がない」ではないとも思います。

結婚だけが愛のカタチではないし、結婚しなくても幸せに過ごせる人生もある。いろんなあり方があって良いと思っています。

そろそろ、僕らのまわりでも結婚する人が増えてきました。

子どもが生まれた仲間もいて、そういうのを見ていると「大人の階段上ってるなあ」と憧れることもあります。

でも、大人の階段を上るまわりと自分を比較して、引け目を感じることはありません。僕の人生は、僕の人生。結婚していたら今のようなＳＮＳ活動はできないし、僕はやりたいことをできている今に幸せを感じています。

まこちゃんも、同じ考えです。

結婚を考えていた彼女と別れたから今の活動ができているわけで、描いていた人生設計とはまったく違う人生を歩んでいるけど「引け目は一切感じない」と言っていました。

むしろ「家族ができた友達の分まで夢を叶えるんだ」……と、勝手にまわりの夢を背負っています（笑）。

まだまだ、日本は「結婚しているのが正しい」という考え方の人が多いですよね。「結婚しなきゃ」と焦っている人も多いと思います。

世間的には、もしかしたら「結婚して子どもを持つ」のが理想なのかもしれない。でも、自分の人生なんだから、〝世間一般〟と比較しても意味がありません。

もちろん自分の理想が「結婚して子どもを持つこと」なのであればそのために全力で頑張って良い。でも、世間の理想と自分の理想を混同してしまうのはもったいないと僕は思います。

理想の人生は、人それぞれ。

僕は、友達と暮らしてＹｏｕＴｕｂｅで発信し、野心を持って過ごす今の生活を気に入っています。

〝今〟の僕にとって、この生活が理想のカタチ。やりたいことをやれている今の僕は、幸せです。

俺の誘いを断るヤツがいるとは！ってマインドで、気楽に誘っちゃおう

まこちゃん

人の悩みって、そのほとんどが「人間関係」に由来するものって言いますよね。でも、かいちゃんが「人間関係にほとんど悩みがない」と言っていたのと同じで、僕もほぼ悩みはありません。

人間関係に悩みを持つ方は、コミュニケーションひとつとっても深く悩むそうですね。たとえば、「誘いたい」と思っても「断られたらどうしよう」と考え込んでしまう方もいるとか……。

共感できなくて申し訳ないのですが、僕はまったくそんなこと思いません。むしろ、「僕が誘うんだから絶対楽しいぞー！」と思います。万が一断られても

「え!?　絶対楽しいのに!?　俺に誘われて断る人いるの!?」

……極端ですが、このくらい思います。

男友達だけじゃなく、女性を誘うときもけっこう気軽に誘います。それは、もしかしたら「一緒にご飯行って、仲良くなって、それから……」みたいな戦略がないからかもしれません。戦略がない代わりに、僕は〝素直〟でいるようにしています。会いたかったら「会いたい」と言うし、「イチャイチャしたい」なら「イチャイチャしたいから会いたい」と言います……。

打算的な誘いも時には必要かもしれませんが、素直な気持ちに勝るものはありません。

余談ですが僕がよく使う誘い方は「ロマンチックに待ち合わせしよう」です。歩道橋の真ん中で落ち合おうとか、花屋の店先に並んだ一輪の花を取り合おうとか、待ち合わせの一工夫にも楽しみを見出しています。

ちなみに今までウケた試しはありません。

ワラバカの同棲生活、これからどうなる？

まこちゃん かいちゃん

まこ 友達同士のルームシェアってさ、いつまでしていて良いものだと思う？

かい ルームシェアするなら、期間を決めるのが大事だと思うな。「2年だけ」とか区切りを決めないと、ダラダラしちゃう。ルームシェアをする相手も自分も結婚願望がないなら、いつまでしたって良いと思うんだけどね。でも、どんなに仲が良くても他人だし、価値観は変わっていくもの。人生が進むにつれてお互いの共通認識も変わると思うんだよ。だから、期間はあらかじめ決めたほうが良いと思う。

まこ 僕は全然、決めなくても良いと思う……。なんでも良いと思う。刹那的に、衝動的に決めて良いと思うな。

かい さっそく対立してしまった（笑）。でもさ、期限を決めなかったとしても、一緒に住む目的はあったほうが良いと思わない？　僕らの場合だったら「SNSでの発信活動」が目的なわけじゃん。途中から合流したリョウタにも、「就職する・20kg痩せる」って目的があるし。目的がなくルームシェアすると、ただ楽しいだけで、甘えちゃうと思うんだよね。楽しいけど人生は前に進んでいない、みたいな……。目的がないルームシェアだったら、うまくいかないかもしれない。

まこ たしかに。ルームシェアするなら、目的はあったほうが良いね。

かい おー、さっきまで「刹那的に……」とか言ってたくせに（笑）。

まこ （笑）。男女の同棲もさ、一応「結婚」っていう目的があるもんね。それと同じで、友達同士のルームシェアも目的はあったほうが良いのかも。夢のためにお金を貯めるとか、僕らみたいに発信するためとか……。目的を共有してるルームシェアが、うまくいくのかもね。

まこちゃんがぜんぶこたえます！

Instagram大人気企画！　書籍出張版です☆
皆さんからお寄せいただいた質問に、
まこちゃんがぜんぶこたえます！

Q パートナーに求める価値観は？

A 恋愛においては、お互いが活躍していること。

最近、仕事ができることが絶対条件になっていると気づきました。

恋愛でも、たとえば家事や育児は基本的にマネジメントのひとつだと思っています。

相手のことを慮ったアクションも、タスクをどう捌くかも求められますし、仕事ができる人は基本的な考え方が養われているので、上手くいかなかったときにきっと話ができると思うんです。

あとは、何かを頑張っている人って魅力的ですよね。

そういった応援したくなるような人に惹かれるので、僕も同じようにそうありたいと思っています。

求める価値観と言いつつも、自分が大事にしていることを相手にも望んでいる。が正しいような気がします。

Q どうしたらふたりほど人と仲良くなれますか？

A これはたったひとつ、一緒に過ごす環境下でひたすら頑張ることです。

仲良くなるために頑張る、、？と思ったことと思います。

これは、社会人という立場なら、仕事に向き合って頑張る、学生という立場なら、部活やバイトを頑張ること。

ただ同じコミュニティに属して時間を過ごすのと、同じ目標のもとでそれに打ち込むことだと大きく違います。

頑張る過程で色んな感情が生まれ、それを共通の悩みや喜びとして分かち合うことが絆を深めることだと思います。

かいちゃんが前に言っていました。

「熱量の100のうちふたりで50：50じゃなくて、お互いが100：100にできるのが良い関係だよね」

まさにこの言葉の通りだと思います。

Q どちらかにパートナーが出来たらどうしますか？

A 何気にこれが一番多かった質問かもしれません。

さてはどっちかにパートナーが出来そうな予兆を感じてますか、、？（笑）

結論としては両立します。必ず。

今の生活には入る余地がないなとは思いつつも、運命の出会いとはそういうのを飛び越えて起きるものですから。

どちらも大事にしたいし、どちらも頑張るエネルギーになると思うので、片一方に寄ってどちらかを蔑ろにしてしまわないように、タイミングや相手は考えると思います。

「今は仕事が大事な時期だから、、」っていう理由で別れを切り出すこととかってありますよね。

僕は恋愛する以上は両立する。どっち着かずにしない自信や覚悟を持って付き合いたいなと思います。

ちなみにパートナーとの理想の出会いは僕がフランスパンとオレンジを紙袋に抱えたままベンチに腰掛けるとポメラニアンが足元に寄ってきて手元をぺろぺろ舐めるんです遅れて飼い主が来たところで顔を見合ってどちらからでもなく口づけを交わす……そんな出会いが良いですね。あぁ興奮。

Q 今までの人生でかけてもらった嬉しかった言葉

A 少し遡って高校時代、当時陸上部で三年生の最後の引退試合のこと。

自分の出番は終わって日の落ちる頃、仲間の最終レースを見ているとき、
長距離レースで半分を過ぎた辺りから、びりっけつなことは明白でした
それでもがむしゃらに走る姿に心打たれて、涙ながらに最後まで走る姿を応援しました。

レースが終わり部員全員でゴール地点に向かう道中、コーチにかけられた言葉で、

「人のために泣けるメンズほどカッコいいものはないよ」

当時その言葉を聞いてより一層泣いた気がします。

誰かのために怒るとか泣くとかって、そこまでの感情を抱けるような関係値があってこそのものだと思うんです。

だから褒められたことよりも、そこまで熱くなれるほど関係を築いていたんだなと実感したことが嬉し涙の理由でした。

今ではその人のために怒れるか、泣けるかというのは関係値を測る尺度としています。

そして同じように誰かのための感情を抱いている人には、自分がもらった言葉を伝えるようにしています。

今のところあんまり刺さったためしがありませんが（笑）。

Q 5年後の相方にメッセージを

A チャオ！今も笑顔でいるかな？抱えてる不安なんかも笑い話にできたかな？

俺たち幾つ夢を叶えたかな？

きっとかいちゃんはどんな形であっても世の中を笑顔にするために、今も奮闘していることでしょう。

きっとぼくはかいちゃんと出会って大きく変わったこの人生を、これでもかというくらい謳歌していることでしょう。

どれも貴方のおかげです。

他の誰ともできなかったことが、貴方とならできると信じています。

人生を100年とするならば（俺は倍以上長生きするけどね）

ようやく3分の1を過ごした頃で、まだまだこれからの楽しみの方が多いくらい。

いつか想い出のように撮りためた動画を振り返って、ふたりとその家族で談義をしましょう。

なんだか、プロポーズみたいになっちゃいましたね…（笑）。

とりあえず味噌汁だけ一杯いいすか？はまぐりで頼むわ〜。

Q ファンの人はどんな存在？

A 以前、SNSで更新を始めた当初にこんなDMをいただきました。

「はじめまして！うちには2歳の子がいるのですが、毎晩「アイス見る！（アイスが買ってある動画）」「ポンポン見る！（笑いがうつる動画）」と言って、動画見せるようにねだってきます
動画を見ながら、爆笑したり、笑い方を真似したり、頭をわしゃわしゃしたりするのを真似したりしています！

最近の毎日の楽しみなので、今後も投稿頑張ってください！子供と楽しみにしています」（原文の通り）

このDMを見たときに、あぁ、楽しみに待ってくれてる人がいるんだなぁと感じました。

家族団らんの時間にも届いていて、僕たちの存在が何処かの家庭の一つの楽しみになっているなんて、この活動をしていなかったら実感が得られなかったことだと思います。

今でも頂いたDMは全て目を通しては、その度に尻尾を振っています。

皆の存在は、僕にとって頑張る理由で、皆と繋がっている時間が同じようにひとつの楽しみになっています。

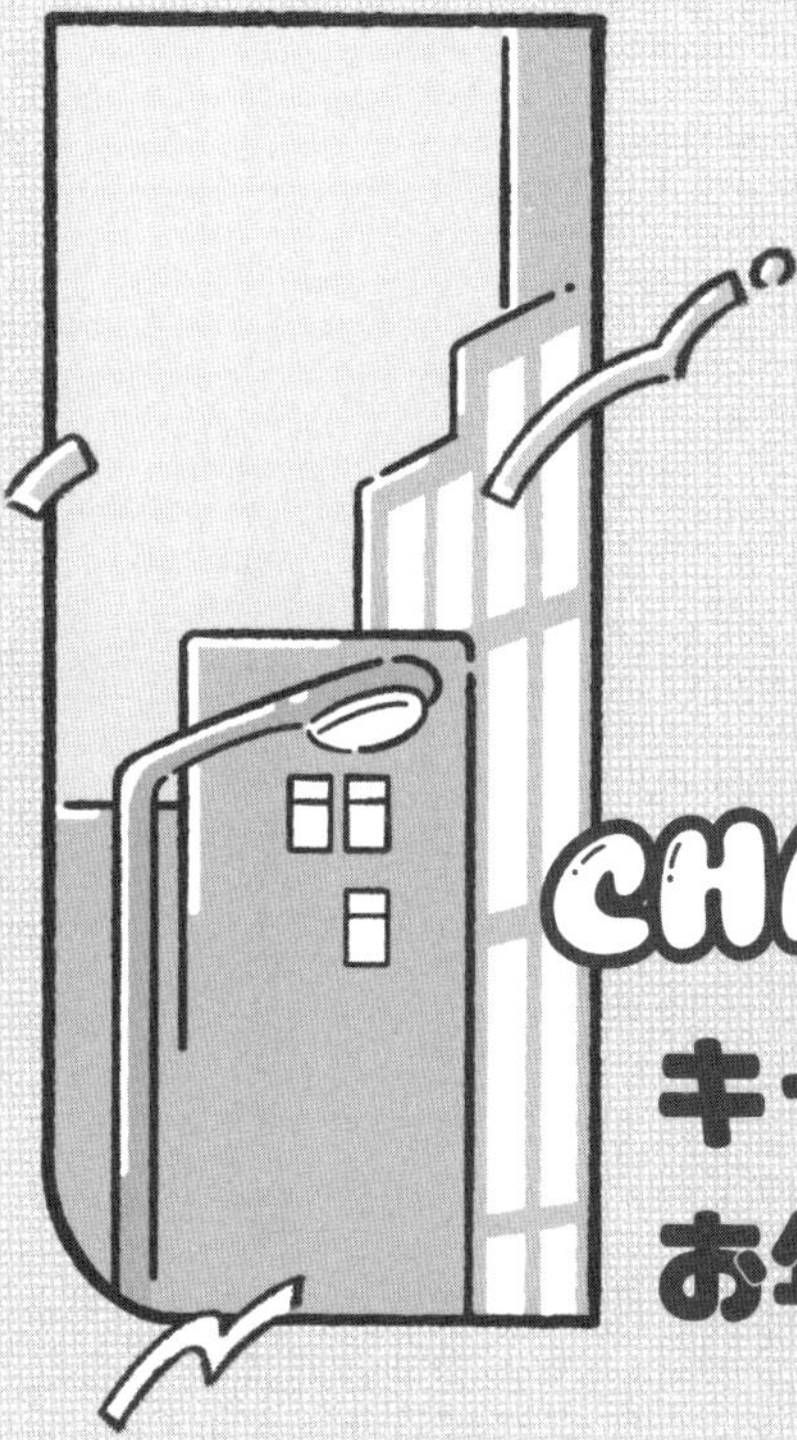

CHAPTER 3
キャリアに悩むお年頃

仕事って人生の何%?

まこちゃん かいちゃん

まこ 人生において、仕事って何%くらいを占めると思う?

かい 俺にとって、仕事は人生のほぼ100%。遊びやプライベートももちろん大事だけど、結局、仕事しないと生きていけない。だから仕事が主軸になる。仕事をきちんとするためにうまく遊んでうまく息抜きするって感じ。

まこ ほぼ100%ってことは、……人生の95%くらいが仕事って感じ?

かい うん、俺の中ではそうだね。まぁ、そもそも俺は仕事が好きだからね。遊ぶために働いてるというより、働くために遊んでるって感じ。仕事にのめり込むタイプだし、むしろ生活から仕事を切り離すことができない。夢でも仕事しちゃったりね。そのくらい、仕事と人生が密接。

まこ じゃあ、仕事が楽しくないと人生も辛くなっちゃうね。

かい ほんとにそう。仕事がうまくいってないときは、遊んでいても楽しくない。仕事を楽しむ＝人生が楽しいだと思うな。人生80年だとしたら、だいたいの人は40年くらい働くよね。「つまんないな」とか「嫌だな」とか思って40年過ごすより、「楽しい！」と思って過ごしたほうが絶対に良い。仕事ってキツイことのほうが圧倒的に多いけど、楽しむマインドで仕事できるのが一番理想だと思う。まこちゃんはどうなの？

まこ 僕も今までは90〜95％が仕事だと思ってた。でも最近は、80％くらいかな？感覚的には、１週間のうち６日が仕事・１日が遊びってイメージ。平日は会社員をしているから、週の５日間は普通に仕事。で、ＳＮＳ活動は毎日稼働していてもちろん仕事なんだけど、僕的には〝遊び〟みたいに楽しめてる。ＳＮＳ活動の１００％を仕事としては捉えてないから、１週間のうち１日分は余白みたいな感じかな。この感覚は、ＳＮＳを始める前、会社員だけやってたときも同じだったかも。土日のどちらかは仕事のことを考えたり準備をしたりして、残り1日は余白にしてたから。

かい 土日の片方を仕事に充てるのは、嫌じゃない？

まこ うーん、仕事を成功させるために時間を割いてた感覚だから、苦ではないかな。それはかいちゃんも一緒じゃない？

かい そうだね。

まこ そういえば「週6日働く」を意識したのは、自分のチームに新人が配属されると決まったときかも。配属前に準備してあげなきゃとか、どういうスケジュールで育てようかとか、そういうことを考えるのに土日を使ってた。

かい 同棲してたときはどうしてたの？　土日に仕事できてた？

まこ 元カノと同棲してたときは、朝早く起きて時間を捻出するとかしてたな。土日を使うことによって成功できた実感もあったし、そもそもやらないと不安だしね。成功体験と不安感が、土日も仕事をしていた理由かも。新人が成功したら自分の成功でもあるし、やりがいもある。そういう下心もあったから、時間を使うことは嫌じゃなかったな。

かい 僕も会社員のときは、同じ感じだったね。けっこう自分を追い込んじゃうタイプだから、たとえば「ノルマを達成してない」みたいなときは夢の中でもロープレしたり、寝起きで金縛りにあったり……（笑）。そのくらい、仕事に対してはガッと力が入っちゃう。これが良いか悪いかは分からないけど、当時を乗り越えた経験があるからこそ、今仕事を楽しくできてるのかも。仕事を楽しくやるスキルは、辛い経験を乗り越えたからこそ身についたね。

まこ 僕らはふたりとも、人生の大半を仕事が占めてるね。……これがワーカホリックってこと（笑）？

仕事の楽しさは「レベルアップ」にあり！　しんどいときこそ成長期

かいちゃん

僕にとって、仕事は「楽しむ」もの。最初から楽しい仕事なんてなくて、自分のマインド次第でいかようにも楽しめるのが、仕事の醍醐味だと思います。

仕事中にふざけるのって楽しいよね！……ってことではありません。

僕が楽しさを感じるのは、仕事をする過程でどんどんレベルアップしている自分に気付いたとき。

できなかったことができるようになったり、社内での影響力が大きくなったり……自分の成長を実感できるのが、仕事の楽しいところです。

永松茂久さんの『20代を無難に生きるな』（きずな出版）という本で、好きになった考え方があります。

それは、「人生には成長期と成功期しかない」というもの。成功しているときに楽しいのは、当たり前。うまくいっていない時期は〝失敗〟とか〝停滞〟ではなく、さらに自分がレベルアップするための成長期なんだ……という意味です。うまくいかない＝成長が止まっているわけではありません。うまくいかないときこそ、自分が成長するチャンス。

ゲームに置き換えると分かりやすいかもしれません。「このボスを倒せば、めちゃくちゃレベルアップして次のステージに行ける！」って瞬間、ありますよね。仕事がうまくいかずしんどいときも、それと同じ。「ここを乗り越えたら、俺もっと最強になれるじゃん！」というマインドで挑むのが吉。そうすれば、失敗も苦難も、すべて前向きに捉えることができます。

では、どうしたらレベルアップ……つまり、仕事を楽しむことができるのでしょうか。その秘訣は、「自分の考え」を持って実行することにあります。

会社から与えられた業務で成果を出すことは、あくまでも〝業務の範囲内〟。与えられた内容を遂行することは、当たり前のこと。それ自体は、自身の成長ではありません。

大切なのは、成果を出す過程に「自分の考えを入れ込む」こと。考えたことを実行して成果を出す。これこそがレベルアップであり、仕事の楽しさなのです。仕事は楽しいものではなく、自分で楽しくするもの！　楽しむために、自分で考えることをサボってはいけません。

そう、何事も「Ｎｏ ｐａｉｎ，Ｎｏ ｇａｉｎ」！　痛みなくして得るものなし！

与えられたことをやるのは楽チンですが、レベルアップしないし楽しくない。しんどいときこそ考える。それが成長であり、仕事の楽しさなのです。

「みんなの得意が循環する世の中」を作るため、僕は教員になった

かいちゃん

まこちゃんと出会った会社に就職する前、僕は高校教員として働いていました。


僕が教員を目指した背景には、母と兄の存在があります。

兄は僕の４つ上。絵のうまい兄は、僕にとって自慢の存在でした。しかし兄は、中２のとき不登校になってしまいます。当時小学４年生だった僕には、兄が学校に行かない理由が分からず「サボってんじゃないの？」と思っていました。


ただ、ある日、僕とふたりの帰り道に、母はこんなことを言いました。

「お兄ちゃんは行きたくても学校に行けないの。お兄ちゃんは悪くないんだよ」

母は「片親だからこうなってしまったんだ」と罪悪感を持っているようで、兄が

不登校になったのは自分のせいだと泣いていました。

母の涙を見て、僕は「不登校は単なるサボりではない」のだとやっと気付くことができました。学校に馴染めない生徒は兄以外にもたくさんいて、それはその子のせいじゃない。不登校は、本人だけじゃなく家族にも影響を与えるし、その子のまわりのいろんな人に関わることだと。

泣きながら話す母に対し、僕は子どもながら「俺がいるから大丈夫だよ」と言ったそうです。このときから、僕は「教員になりたい」と思うようになりました。

学校に馴染めない子どもや、そのまわりの人を救ってあげたい。そのためには教員としてはたらきかけることができると思ったのです。

教員を目指すうえで、僕はいろんなことを勉強しました。その過程で、教員になる目的もより明確になりました。

兄は、人とコミュニケーションをとることがとても苦手で、学校に馴染むことができませんでした。ただ一方で、抜群に絵の才能がありました。兄は母のおなかの中から絵の才能を全部持ってきて、対する僕はコミュニケーションの才能を全部持ってきた、ただそれだけ。

つまり、人には得意不得意があるのです。集団行動ができず学校に馴染めない人も、兄のように得意なことがあるはず。その人たちが得意なことを仕事にして、逆に苦手なことは、ほかのできる人がやれば良い！　僕は「みんなの得意が循環する世の中になれば良いな」と思うようになりました。

そんな世の中を作るために、僕は教員になる！　小学4年生のときに芽生えた夢は、確固たる信念を持って目指す目標となりました。

……ちなみに、僕の専門科目は国語。

なぜ国語教員を目指したかと言うと、元々本が好きだったから……というのは表向きの理由。

本当の理由は、文学部に「女の子が多い」から。女の子が好きだったので、大学は文系に進みたいと思っていたのです……って、もちろんこれも冗談ですよ?

文系学生が目指すには、社会・英語・国語教師の選択肢があります。社会はいろんな学部から資格をとれるので採用試験の倍率が高いし、英語は苦手。でも国語は文学部から受ける人が多いし、倍率も低い! 文系で教員を目指すなら国語が良い、ということで、僕は国語教師を目指しました。

そして、大学卒業後。
僕は、私立高校で教員として働き始めました。

ただ、就職した年の12月には転職を意識するようになります。
その理由は「もっと広い世界を知ったほうが良いのでは」と思ったから。
一般的に、教員の多くは大学卒業後に教員として働き始め、ほかの仕事を経験せず教員を続けます。

でも、生徒たちのほとんどは教員になりません。教員以外の仕事に就く人のほうが、圧倒的に多いと言えます。

ほかの教員の方たちを否定するつもりはありませんが、もっといろんな世界を知ってからのほうが、僕自身教えられることも多いのではないか……そう思い、僕は教員を辞めて社会に飛び出すことを決意しました。

今でも、「みんなの得意が循環する世の中を作りたい」という思いは変わりません。この軸は変わらず、様々な角度から理想の世の中に向けたアプローチを続けていきたいと考えています。

確固たる軸を持たず、ぬるっと就職。嫌々働いていた日々

BY まこちゃん

僕は、今の会社には第二新卒として就職しました。大学卒業後は2年ほど別の会社で働き、転職して今にいたります。

ちゃらんぽらんな大学生活を送っていた僕は、就職活動もマジメに挑んではいませんでした。

会社説明会に行ってぼんやり話を聞いて、居合わせた就活生たちと会話してお茶を濁して終わる……就活生のときは、そんなことを繰り返していました。

なんとなく就活をしつつも、魅力的に思えたのは「お客さんの課題を解決する」仕事。メーカーや商社の説明会にも行きましたが、モノを売る仕事には魅力を感じ

ませんでした。

働くことに対する具体的なイメージはありませんでしたが、広告を通じてクライアントの課題解決をする〝広告代理店〟はその響きもカッコよく、僕の就活の軸になっていきました。

結果的に、僕はぬるっとインターネット広告の会社から内定をいただくことになります。内定が出た経緯は、僕がアルバイトをしていた店のお客さんが人事をしていたこと。その人を接客した翌日、たまたま行った会社説明会で再会し「昨日の！」となったのがきっかけで、とんとん拍子で内定をいただいたのです。

こんな背景なので、僕はそこがどんな会社なのか、まともに理解していませんでした。〝オフィスが渋谷〟というだけで入社を決めたと言っても過言ではありません。

案の定、入社して2ヶ月後には「もう辞めてぇ……」と思っていました。というのも、かなりブラックな働き方を強いられたから。

勤務時間は9時～21時くらいと長いし、持ち帰り残業も多い。家に帰ってからアポ先のリストを作るなど業務外の宿題も多かったし、大学の同期は研修中なのに自分は現場に出され営業をしているし……。

極めつきは、思い描いていた「お客さんの課題に合わせて適切な商材を提案する」仕事と真逆だったこと。

「あらかじめ決まっている商材にお客さんの課題を合わせて売る」という営業スタイルに違和感を覚えながら、持ち前の愛嬌だけで僕は営業成績を上げていました。

入社2ヶ月で嫌になりつつ、僕はその職場で約2年働き続けます。「辞めてぇ」と思いながらも転職するイメージを描けず、流されるように働いていたのです。

いよいよ痺れを切らして転職するも、このときの僕には軸は皆無。そのため、次に就職したのも同じ業界のインターネット広告会社でした。

今では、さすがに軸を持って仕事をしています。

なぜ当時はなかったのか考えてみると、おそらく、僕がなんでもうまくやれるタイプだったからだと思います。

大学時代はアメフト部に所属し、4年生のときは主将を経験。

その経験値に加えてコミュニケーション能力もあるし、就活をしていたときはほかの人より頭ひとつ抜けていた自覚があります。だからこそ、考えなしに就活をしていたのです。

こんな状態のままの転職で後れを取ったスタートラインでしたが、幾らでも変わることはできるということ。

どちらかというと頑張れなかった過去を持つ弱者の理解ができる立場だからこそなおのこと思います。

また、そういった人も多い昨今だからこそ、誰かの頑張る理由になれたらいいなという思いをより強く持ちました。

営業は合理的！真逆の世界で新しい価値観を知る

かいちゃん

教員を辞めると決意し、僕は「営業がしたい」と思い転職先を探していました。「仕事の基本は営業」というイメージがあったので、仕事を変えるならばとにかく営業がしたかったのです。

転職先を決めたきっかけは、幼馴染が働いていたこと。「リファラル採用があるよ」と声をかけてもらい、面接を受けて入社することになりました。

転職後の僕を待ち受けていたのは、教員時代とはまったく異なる世界。ひとことで言うと、「最高」でした。

朝礼からなにから、やることすべてが教員時代とは違う。僕は見たことのない世界に飛び込むのが好きなので、当初は「すっげぇおもろい世界！」と思っていました。教員は数字を追うことはないけど、営業は数字がすべて。新しい価値観と出会い、毎日が刺激的でした。

教員は、〝長くいればいるほど〟偉い、いわゆる年功序列の世界。新人のほうが雑用を任される分仕事量は多いのに、長年教員を続けている人のほうが3倍近く高い給料をもらっています。

「僕のほうがたくさん仕事してるのに、なんで長くいるだけの先生が高い給料をもらっているんだろう？」

……そういう世界だとは分かっていても、当時は違和感を持っていました。

一方、営業は数字がすべて。

僕のいた会社では部長だろうが課長だろうが平社員だろうが、社歴にかかわらず結果を出せば高い給料をもらえました。真逆の世界から来た僕にとって、営業はとても合理的に思えました。

教員は、免許があればいつでも採用試験を受けることができます。つまり、一度この道を離れたとしても、いつか戻ることができる職業です。それを理解していたので、ずっと目標にしていた教員を辞めることに、惜しさは感じませんでした。

僕は、仕事をするうえで「選択肢はたくさんあったほうが良い」と思います。働いていると「自分にはこの仕事しかない」「ここを辞めたら終わってしまう」などと、視野が狭まってしまう人もいると思います。

でも、どうせ仕事をするんだったら有意義にその時間を使わないともったいない。お金をもらうためだけに仕事をするのは、損だと思います。

働くことを通じて経験を積み、スキルを身につける。それらは、将来やりたいことができたときの〝武器〟になります。

今はやりたいことがない人のほうが多いと思います。そんな人こそ、新しい世界で働くことは将来の選択肢を増やすことに繋がるのではないでしょうか。

仕事内容に納得できず、やる気が出ない。会社のゴミ溜め部署に異動

まこちゃん

新卒入社した会社で「このままここにいてもなぁ」とモヤモヤしていた僕は、入社2年で転職を決めました。ただ「次はこういう仕事がしたい」という軸がなかったため、今の会社を選んだのもなんとなく。応募理由は、「前職の同僚が転職した先だった」くらいのフワッとしたものでした。

第二新卒で入社し、配属された当初は順調でした。前職と同様、愛嬌を駆使して次々に受注。結果が出たことで気持ちも高まりましたが、段々と「楽しくない……」という気持ちに。

当時を振り返って今思うのは、あの頃仕事を楽しめていなかった理由は「成長実感がなかった」から。持ち前のコミュニケーション能力だけで受注しているのであ

って、話術や営業力の向上はまったく実感できていませんでした。

当時を挫折とは捉えていませんが、はっきり言って楽しくない日々でした。タイムマシンがあって「いつでも好きな時代に戻れるよ」と言われても、あの頃に戻ることは絶対にありません。

8ヶ月ほどその部署で過ごしたあと、バックオフィスの部署に異動することになりました。

営業時代の末期、僕の態度からは「やる気ない」がビンビンに発散されていたと思います。営業先から会社に戻りたくなくて、わざと逆方向の山手線に乗ったり……僕は、あからさまに仕事をサボっていました。

そんな状態だったので、傍から見たら完全に辞める寸前。

当時の僕が引っかかっていたのが、「売って終わり」の営業体制。見かねた上司のアドバイスもあり、僕はクライアントと受注後までセッションできる、カスタマーサクセスの部署に異動することになりました。

当時、その部署は会社にとって〝もうすぐ辞める人たちが一時的に集まる〟ような場所。今でこそ結果を出して人気の部署になっていますが、当時は社員のゴミ溜めみたいなところでした。

後がない状態で異動したこの部署で、僕は後に異動してくるかいちゃんと出会うことになります。

かいちゃんと僕は、ほぼ同じ時期に入社した同期。

とはいえ配属先が異なっていたので、当初はほぼ他人。傍から見ても、かいちゃんはすごく華のある存在でした。

かいちゃんは営業成績も良く順調そうに見えたので、「俺もあっちの部署だったらもっと成果出てるのに……」と、ちょっとしたジェラシーも……。

当時は、まさかここまで深い仲になるとは思ってもいませんでした。

入社3ヶ月で昇格！でも半年後には「辞めたい」

BY

かいちゃん

教員から真逆の仕事に転職し、刺激を受ける日々。すぐに結果も出て、入社3ヶ月後には「この仕事、俺に合ってるな」と思うようになりました。

しかし、約半年後。仕事内容に疑問を持つようになり、商材を売れば売るほど心がすり減る感覚に。「やっぱり合ってない」と思うようになります。

入社した当初は調子が良く、僕は3ヶ月という短期間で昇格を果たしました。ただ、ここで気付いたのは「商材を売っても、長い目で見てクライアントから感謝されることはない」ということ。

「この商材って本当に良いものなのかな？」と疑問を覚えてしまったこともあり、熱量を込めた営業ができなくなっていました。

モヤモヤを抱え、自分を騙しながら営業を続けた結果、僕は「この稼ぎ方は気持ち良くない」と思うように。本当にすごい営業マンは、おそらくこういう疑問を抱かず商材を販売しています。僕のような感情にはならず、本当に「良い」と思って商材を売り続けているはず。

今は結果が出ているけど、このまま同じ売り方を続けることはできない……入社して半年後には、「営業は続けられない」と思うようになっていました。

教員とはまったく異なる世界で新しいことにチャレンジし、スキルがついて結果も出て、まわりからもチヤホヤされ……最初は本気で「俺、最強だ！」と思っていました。でも結果を出せば出すほど、「あれ？　嬉しくないな」と思う自分。営業を続けている自分に気持ち悪さを感じ、ついに「辞めよう」と決意することになります。

しかし、当時はコロナ禍。

転職活動をしよう！　と心を決めた瞬間、僕はコロナに感染してしまいました。そのまま2週間ほど身動きが取れず、転職活動をいったん断念。

ひとまず「異動したい」と希望を出し、行きついた先がまこちゃんと同じカスタマーサクセスの部署でした。

転職までの〝繋ぎ〟として異動したので、当時は「この部署で頑張ろう！」という想いは皆無。完全に、腐ったミカン状態でした。

ちなみに、当時のまこちゃんの印象は、ほぼ残っていません。会ったら「ちわ～」と挨拶するくらい。ギリ名前を憶えているレベルです。入社直後はとにかく必死でまわりが見えなかったので、同期だからと言ってあんまり意識はしていませんでした。

愛嬌ではなく知識で仕事をするように。新部署で変わった意識

BY

まこちゃん

僕がカスタマーサクセスに異動して約1年後、かいちゃんが同じ部署にやってきました。当時は〝ゴミ溜め〟と言われていたこの部署で、僕らの人生を変える上司と、運命の出会いをすることになります。

僕らを変えたのは、当時課長だった月岡さん。

営業時代からたまに指導してくれていた上司で、当時から僕は月岡さんを尊敬していました。直属の上司ではないけど、なにか困ったときに相談するのは月岡さん。カスタマーサクセスに異動したのも、月岡さんからもらったアドバイスが背景にあります。ある意味、僕にとって〝指針〟みたいな存在です。

カスタマーサクセスに異動してから、僕のマインドは少しずつ変化していきました。

辞める寸前の人が集まっている部署だったので、同僚はみんな視座が低く志もない。与えられた仕事に、文句を言いながら取り組む……高みを目指すことはない、腐った組織でした。

異動した当初は、僕も「これで良い」と思っていました。ただ、カスタマーサクセスで学ぶことは僕にとって未知の世界。これまでは愛嬌で営業をしていたけど、ここでは〝知識〟を使ってお客さんと向き合う必要があります。以前に比べて自分が成長していることに楽しさを感じ、少しずつ「この組織の中で頭ひとつ抜けてやろう」という野心が生まれてきました。

約1年後にかいちゃんが配属されたときには、僕のマインドはすでに前向きになっていました。

かいちゃんが来ると聞いたとき……僕は少し不安を感じました。かいちゃんは顔もカッコよくて、前の部署で結果を出しているし……今は僕がチヤホヤされているけど、かいちゃんが来たら「新しい顔よ！」と僕がはねのけられてしまうんじゃないか……。

ただ、当時のかいちゃんは完全にダークモード。「もうすぐ辞めるんで」オーラが出て擦れていたので、しだいにジェラシーは感じないようになりました。

カスタマーサクセスで徐々に楽しさを見出していた僕のもとに、「月岡さんが異動してくる」という話が舞い込みます。

それを知ったとき、僕は物凄く嬉しさを感じました。月岡さんが来たら、絶対にこの部署は変わる！　そう確信し、月岡さんがやってくることをポジティブに捉えていました。

実際、月岡さんと一緒に働くようになり、僕も少しずつ変わりました。

「この人みたいになりたい」と思い、月岡さんから学んだことは今でも部下にも伝えています。

真正面からぶつかってくれた月岡さん。大号泣を経て、組織の中心人物に

かいちゃん

月岡さんによってまこちゃんが少しずつ変わっていった一方、僕はとある出来事がきっかけとなり、月岡さんの手で一気に人生を変えられました。

カスタマーサクセスに異動した頃の僕は、人生でトップレベルのクソモード。半年くらい軽く働いたら辞めようかな〜、というひどいマインドで過ごしていました。

ただ、変なところでマジメなのが僕。ほかの人より1時間ほど早く出社し、毎日広告運用の勉強をしていました。それは、仕事にやる気はなくても「学べて試せる環境にいるうちに、会社を利用し尽くそう」という想いはあったから。まわりから見たら、わけが分からなかったと思います。今思えば、誰かに気づいてほしかった

のかもしれません。

そんなとき、月岡さんが僕らの部署に異動してきました。

月岡さんは理不尽な理由で課長に降格させられたタイミングでした。それでも「腐った組織を変えたい」という熱いマインドを持っているのが月岡さんです。

そして運命の日。

大会議室に課員が集められ、月岡さんから「今後はこうやって変えていく！」と熱い話をされましたが……僕は我関せずで「まぁ頑張れ〜」という態度。

すると、話が終わった後「かい、ちょっと残れ」と月岡さんに言われたのです。

月岡さんの第一声は、「なんやねんお前、やる気ないなら辞めたらええやん」。衝撃的でした。腐ったミカンのような僕は、組織でもハレモノ状態。誰も僕になんて関心がないと思っていたのに、ほぼ初対面のこのおっさんは「俺も本気でお前にぶつかるから、お前もぶつかってこい」と言ってくれたのです。僕は、組織や自分を変えたいと思いながらも、自分でそのことに気づけていなかったのだと思います。月岡さんはそんな僕を見抜いて、本気で言葉をかけてくれました。

結果を出していたにもかかわらず理不尽に降格させられた月岡さんは、家族もいるし、僕以上に辛い境遇にいるはず。それなのに、月岡さんは真正面から僕にぶつかって「一緒に頑張ろう」と言ってくれました。

この会社にはゴミみたいなヤツしかいない……と視野が狭くなっていた僕にとって、月岡さんからの言葉は青天の霹靂。

今でも笑いのネタにされるのですが、僕は月岡さんの言葉で大号泣してしまいました。ボロボロ泣く僕を見て、月岡さんは「お前、俺が怖いんか?」とひとこと。「嬉しくて泣いてるんです」と答えると、「お前熱い男やな～」と月岡さん。「この人と一緒に本気で仕事をしてみたい」と心底思って、僕は180度変わることができました。

自分で言うのもなんですが、月岡さんがぶつかってくれたことを機に、僕は見違えるように変化しました。それまではハレモノ扱いされていたのに、一気に組織の中心に。仕事に対する熱意や気持ちが完全に変わり、「会社のせいにするんじゃなく、自分軸で動く」というマインドになりました。

大人になると、本気で相手を想い説教するという機会は、おそらく滅多にありません。

あの運命の日がなかったら、僕はいまだに腐っていたと思います。仕事を転々とし、よく分からない人生を送っていたのではないでしょうか。

そのくらい、月岡さんとの出会いは衝撃的でした。

月岡さんから学ぶ、理想の上司像

まこちゃん

僕らにとって、月岡さんは理想の上司です。

部下目線で見ると、月岡さんのすごいところは「この人に相談すればなんでも解決できる」と思わせてくれる安心感。

僕のつたない１の説明から10を読み取り、１００のアンサーをしてくれる。いつでも求めている以上の答えをくれるので、月岡さんに全幅の信頼を寄せていました。

自分がマネジメントする側になった今は、当時月岡さんに受けた指導を受け売りで部下に伝えています。自分が心底納得できる指導をしてくれたからこそ、自分の言葉として部下に伝えられていると感じます。

以前、部下の子に自分のルーツを話している時に、「僕は自分自身を月岡っ子だと自負している、ただ今自分の部下の子たちが中村っ子かというとそうではないよね」という話をしたら、「私は中村っ子ですけどね？」と言ってもらえたことがありました。

その子は前職も含め、過去の上司に褒められても、あまり腑に落ちることがなかったという自己肯定感が低いタイプの子でした。しかし、度重なる1on1MTGの過程で、「中村さんには自分の無意識を意識的に、自覚化できるような承認のされ方をして、初めて腹落ちしたんです。この人は自分の深いところまで見てくれてるなという実感があるから、私は中村っ子ですけどね」と言ってくれたんです。

この話を月岡さんに伝えに行き、貴方のおかげで自分も慕われるようになりましたと答え合わせした時は、目頭が熱くなりました。

黄金時代を終え、ふたり揃って課長に

かいちゃん

月岡さんとともに働いた期間は、僕らにとって黄金時代。

僕らだけでなく、この期間で組織全体が前向きに変化しました。特に大きな変化は、部署としての基本ルールを設けるなど基盤が整備され、全員で同じ方向を見て働けるようになったこと。いわば指針ができたので、迷わずに仕事に取り組めるようになったのです。みるみるうちに結果を出した僕らは、社内表彰を受けるまでになりました。

そして僕がカスタマーサクセスに異動して約1年半後。まこちゃんにとっては約2年半後に、僕らは揃って課長に昇進します。

昇進のきっかけは、月岡さんの退職でした。退職の大きな理由は、「自分がいることで部下の昇進に蓋をしている」というもの。僕らの成長を願い、月岡さんは会社を出ていく道を選びました。

月岡さんに人生を変えてもらった僕なので、さぞ悲しむかと思いきや……「辞める」と聞いたとき、僕が思ったのは「やっとか」ということ。

なぜなら、月岡さんはもっと高みを目指せる人だから。今以上にすごい環境で結果を出せる人だし、僕らが足を引っ張っている場合ではないと思っていたからです。僕らがずっと頼りにしていたら、月岡さん自身の成長にも歯止めがかかってしまう。そして会社の体制的に、月岡さんがいると僕らもいつまでも上に登れない。

だから、月岡さんが辞めると聞いたときは素直に「お疲れ様でした。後は任せてください」と言うことができました。

一緒に仕事できない寂しさはもちろんあるけど、僕らの関係性はもはや、仕事を超えたもの。どうせこれからも飲みに行くだろうし、一生縁は消えないと確信できていました。

月岡さんの退職により、僕らのステージは大きく変わりました。

月岡さんのDNAを誰よりも色濃く受け継いだ僕らが、課長として部署をまとめることになったのです。

僕らは、意外なほどスムーズに〝課長〟としての仕事ができるようになりました。

その理由は、平社員の頃はマネージャーの、マネージャーの頃は課長のマインドで仕事することを心がけていたから。

月岡さんの影響もあって、「一つ視座を上げる」ことが僕らの仕事の基本になっていたのです。課長になってからは、部長の視座で働くようにしていました。

腐ったミカンだった僕らの変わりように、まわりはびっくりしていたと思います。

もしかしたら、いきなり変わることを「恥ずかしい」と思う人もいるかもしれません。でも、最終的に責任を取るのは自分。まわりの目を気にしていても、他人は責任を取ってくれません。

ダサくてもカッコ悪くても、決めたら変化も厭わない。それが、楽しく仕事をする秘訣じゃないかと思います。

……ってか、ふたりして月岡さんについて書きすぎ。絶対ニヤニヤしながら読んでるよ（笑）。

まこちゃん流マネジメント術は「愛する」こと

BY

まこちゃん

マネジメントをする立場になり、僕は自分の中に月岡さんのＤＮＡが生きていることを日々実感しています。

「月岡さんのようになりたい」と強く思ったきっかけが、主任時代に同席した月岡さんと部下の１on１。月岡さんはただ部下を褒めるのではなく、承認し、その上で相手にとってクリティカルな目標設定をし、モチベーションを整えていました。

その過程で部下が変化することを実感し、「自分もこうやって部下の人生を変えたい」と思うようになったのです。

月岡さんのマネジメント方法を身近で見た僕が、今心がけているのは「部下を愛する」こと。月岡さんは部下の人間的な部分を見てくれる人で、それは心から愛してくれていたからできたことだと思うからです。

「愛する」という視点で部下を見ると、自然と相手の良いところが見つかります。そして見つけた長所は言語化し、意識的に部下にアウトプットするようにしています。

ちなみに、ワラバカの活動は部下もみんな知っています。上司がSNS発信に力を入れていると職場での関係性に弊害が生まれるのでは？　と思うかもしれませんが、むしろ良い指導に繋がっていると思います。

そもそも発信しているキャラクターと会社での自分に乖離がないので、ギャップも少ない。楽しむときは楽しむけど、指導のときはビシッと伝える。「やるときはやる人だ」と、良いコントラストになっているのではと感じます。

部下指導の際にいつも思うのは、「自分の下で働くんだったら、みんな等しく良くしたい」ということ。

実は、いつか自分が現場を離れたときに「中村さんがいた時代は良かった」と言われたい。「組織として成熟していたし、楽しくて働きやすかった」と言われたい……そういう下心もあって、部下みんなに愛情を注いでいます。

人間と人間なので、「愛せない部下もいるのでは？」と思うかもしれません。でも、今まで愛せなかった部下はいません。

ただ、先日会話の流れで部下の定期に視線を向けてしまったところ、「個人情報ですよ！」と指摘を受けました。

あわや、ハラスメントの一歩手前です。部下との距離の詰め方ひとつとっても、自分の当たり前が通用しなくなる時代がいずれ来るかもしれません。相手や時代に合わせたコミュニケーションをしないとな……と模索している最近です。

理想の未来から逆算するのがかいちゃん流マネジメント

かいちゃん

僕がマネジメントにおいて心がけていたのは、真摯に向き合うこと。このマインドは、実は教員時代に培われたものです。

部下と向き合うことは、生徒の進路を考えるのと同じ。「進路指導の社会人版だ」という意識でマネジメントに取り組んでいました。

僕が思うのは、「どうせ仕事をするなら自分の得になるように会社を利用すれば良い」ということ。仕事を楽しめる人ばかりではないと分かっているけど、どうせ働くなら糧にしてほしい。

だからこそ、部下と向き合うときは「未来を描く」ところからスタートするようにしていました。目先の仕事を頑張れというよりは、「これからあなたはどう生きていきたいの？」が先。将来的にどんな暮らし方をしたいの？　1年後、5年後、10年後にどうなっていたい？　どのくらい稼ぎたいの？　……部下の描く未来を明確にし、そこから「今すべきこと」を逆算します。

ゴールが見えないまま走っても、疲れてしまって走りきれない。でもゴールが分かれば、今やっていることが目標に繋がると実感できるから走りきれる。将来を共有した結果、目指す未来に今の仕事が繋がっていないのであれば「辞めても良い」と思います。部下の大切な人生の時間を会社のために搾取したくないですから。大事なのは、部下はひとりの人間であり、仲間であると意識すること。言うことを聞かせるのではなく、彼らの人生そのものをマネジメントするよう心がけていました。

それから、僕が部下と接するときは超ポジティブ思考。「これが不安で……」と相談されたときは、根拠がなくても「大丈夫！　全部うまくいくから！」と返すようにしていました。やるべきことをやっているなら、不安に思ってもしょうがない。「責任をとるのが上司の仕事。部下は思いきってやってこい」と背中を押すのが僕流のマネジメントです。

安定した生活を捨て、会社を辞める決断

かいちゃん

課長に昇進して約半年後、僕は会社を辞めることにしました。

会社に対し、不満があったわけではありません。不満はまったくなく、仕事内容も楽しく、自分の糧になっていたと思います。

でも僕は、金銭面でも影響力の面でも「天井が見えた」と思ってしまったのです。

当時26歳の僕が持っていた目標は、「20代で年収１０００万円」というもの。

この目標から逆算し、僕は「本業でこのくらい、副業でこのくらい稼げば達成できる」……と考え、ＳＮＳでの発信活動をスタートしていました。

副業でも徐々に仕事をいただけるようになり順調だったのですが、僕は「1000万円稼げたとしても、それで守れるのは家族くらいだな」と思うようになります。家族だけでなく、大切な友達など救いたい人はまわりにもっといる。もっと根本的に救うためには、お金だけでなく影響力を持たなければ……。

20代で課長になり、副業でも結果が出ている。

傍から見れば、かなり順調なルートを歩んでいたと思います。でも僕は、ここで満足できない。もっと上に行きたい、もっとチャレンジしたい。そのためにはリスクを負ってでも行動しなきゃ。

「絶対に成功していろんな人を守りたい」と思い、僕は会社員を辞める決断をしました。

辞めるにあたり、まったく迷いがなかったと言えば嘘になります。

任せてくれた月岡さんに対しても顔向けできないし、中途半端に放り出すようで部下にも申し訳ないし、上司にも迷惑をかけてしまう……。

でも、部下の言葉によって僕は救われました。「辞めるんだ、申し訳ない」と伝えたとき、部下に「謝らないでください。かいさんの人生なんで、頑張ってください」と言われたのです。

「後は僕たちがどうにかするんで！」という言葉を聞いたとき、部下がちゃんと育っていることを実感し安心することができました。

自分が抜けることで苦労させる部分もあるけど、この子たちになら任せても大丈夫。そう確信し、辞める踏ん切りをつけることができました。

退職後は、ＳＮＳ発信とオンライン塾の２軸で仕事をしています。

塾に関しては、オンライン塾を経営している方と一緒に事業を進めています。社長は僕と同い年で、彼のやりたいことに共感できたので手を組むことにしました。

僕は「本当に生徒のためになっている塾は少ない」と思っています。学生時代、僕はアルバイトしながら塾に通っていたのですが、そこで感じたのが「塾は合う・

合わないがある」ということ。家の近くにある塾が自分に合わないと、それだけで学習機会の損失に繋がってしまいます。

どんな子でも平等に学びチャンスを掴む手伝いがしたい。そう思い、オンライン塾の仕事を軸にすることにしました。

僕の性格上、チャンスが舞い込んだらすぐに飛び移りたいタイプ。20代の時間ってめっちゃ貴重だし、数ヶ月でも無駄にしたくない。リスクがあったとしても、チャレンジする価値があると思っています。

正直、会社を辞めてからの仕事を「順調」とは断言できません。本音を言えば、会社員に戻りたいなと思うこともあります。

でも、いつか今を思い返して「あのとき辞めて良かったな」と思えるかどうかは自分次第。これからの自分にかかっているので、腐らずに頑張ろうと思っています。

まこちゃんの笑い声は武器になる！相方に選んだ理由

BY

かいちゃん

２０２２年５月、僕はＴｉｋＴｏｋで「元高校教師 かい先生」としてＳＮＳ発信をスタートしました。会社員と並行して発信を続けた結果、フォロワー数が増え、企業案件もいただけるように。

もっとＳＮＳ発信に力を入れたいと考えた僕は、まこちゃんを相方に誘いＩｎｓｔａｇｒａｍとＹｏｕＴｕｂｅをスタートすることにしました。始動したのは、Ｉｎｓｔａｇｒａｍが２０２３年12月、ＹｏｕＴｕｂｅは２０２４年１月です。

相方にまこちゃんを誘った理由は、彼は僕にないものを持っていたから。それは魔法のような「笑い声」。まこちゃんは場を明るくする才能を持っていて、彼が笑うとこっちまで楽しくなってしまいます。底なしに明るくて、笑っているだけでまわりを笑顔にできるヤツ、ほかにいない。こんな笑いの能力を持っている人と組めば、面白いコンテンツを作れるのでは……と思ったのです。

また、まこちゃんと同じ部署で働いた経験から、仕事ぶりを信頼していたことも大きな理由です。どんなに仲の良い友達でも、向き合う熱量が違えば一緒に活動はできない。でも彼の場合は、同じ目標に熱量高く挑める、そう確信ができました。

まこちゃんと僕は、会社においてムードメーカー的存在でした。

元々、僕らがいた部署のメンバーは、お昼休みになるとイヤホンをして寝たり、各々ランチを取ったり……まったく結束力がありませんでした。そこを変えたのが、僕ら。お昼休みは一緒に過ごし、フロアに笑い声を響かせる。また、部下を遊びに誘い、一緒に出掛けることも増えました。そうやってコミュニケーションを取り続けた結果、部署全体の結束力が強まり、賑やかに。

……まこちゃんと一緒に部署の雰囲気を変えた成功体験があったので、「こいつと組めば成功できる」と確信できたのです。

仕事の関係性を引き継ぎ、SNSでの活動がスタート

BY

まこちゃん

かいちゃんと組んでSNS発信をすることは、僕にとって〝勝ち馬〟に乗ったのと同然だと思っています。

ふたりで活動を始めたのが、2023年12月。このとき、「もし結果が出なくても1年は継続して続けよう」と決めました。SNSはどこで伸びるか分からないし、まずは本気で1年やってみようと。すると、発信を始めて1ヶ月で反応が見えるように。2～3ヶ月後には「もっといろんな人に知ってもらいたい！」と前向きに思えるくらい、波に乗ることができました。

活動を始めるにあたり、僕らは恵比寿のカフェで「どんなアカウントにするか」

の方針を決めるためのミーティングを実施しました。

SNSを通じて僕らが届けたいのは、笑い。僕らの力で「もっと世の中を笑顔にしたい」と思ったとき、ターゲットはどんな人か、どんな悩みを持った人に刺さるか、僕らのどんなキャラクターを発信したら良いのか……かいちゃんからは、僕にない発想がポンポン生まれてきました。

職場での僕らは、かいちゃんが発想し僕が形にするという関係。かいちゃんがビジョンを描いて先陣を切り、それを僕がまとめていく……そういう関係で仕事をしていました。

楽しそうにアイディアを出すかいちゃんを見て、僕は「SNSでも職場と同じ関係性で活動ができそうだ」と確信。かいちゃんとタッグを組み、新たに家まで借りて発信する決意を固めることができました。

SNS発信を始めて、約1年。当初は「勝ち馬に乗った」と思っていたけれど……僕が乗ったのは、馬どころか「勝ちユニコーン」だったようです！

フリーランスと会社員、どっちも経験して思うこと

かいちゃん

教員を経て会社員になり、現在はフリーランス。いろんな働き方をして思うのは、「会社勤めは絶対にしたほうが良い」ということ。

本当にクリエイティブの才能を持っている人なら最初からフリーランスでも良いかもしれないけど、ほとんどの人は自分の才能を見出せていないと思います。

だからこそ、会社で社会経験を積むことは必要。僕は会社勤めをしたことで、組織内での身の振り方を学んだし、何より社会のルールや仕事の仕方を得られました。実際に代理店の方などとやり取りをする際には、やはり会社員の経験が活きてきます。

このことを実感したのは、家具メーカーさんの案件をいただいたとき。僕らがちょうど古民家に拠点を移したタイミングでした。

ひとり暮らしや同棲をしたことのある人は実感があるかと思うのですが、引っ越したときに家具を揃えるのって、結構大変ですよね。おまけにわが家は戸建てだし、今後SNSで発信していくなら、フォロワーさんにもワクワクしてもらえるような部屋にしていきたいし……。

考えた結果、家具のメーカーさんに営業をかけることにしました。SNSクリエイターの企業案件は、会社の方からお声をかけてもらうことが多いので、かなりのイレギュラーです。

僕は前職で営業と広告運用の経験があったので、資料を作って、InstagramのDMで送りました。意識したのは、お互いのメリットを明確にすること。僕がお声がけした企業さんは、本当に良いプロダクトを持っていて、その商品を若年層に届けるためSNSに力を入れているタイミングでした。一方、僕らは発信活動にあたって家具が必要で、その代わりSNSのメソッドを持っている。手を組めば

Ｗｉｎ－Ｗｉｎの関係に違いない！　と思って、そのことを資料にまとめました。

先方からＯＫをいただけたときはすごく嬉しかったですし、「俺、天才なんじゃないか？」って自画自賛しました（笑）。

フリーランスが会社員と違うのは、マニュアルや時間の制約がなく、とにかく自由なこと。楽しい反面、なすこと全部が自分にかかっている状態を不安に思うこともあります。僕は会社員としてひと通りの経験をしてきたので、ある程度メリハリをつけて働くことができていますが、会社に勤めないままフリーランスになっていたら、この自由さを持て余していたかもしれません。

最終的にどんな生き方をするにしろ「１回は会社勤めをしておく」ことをオススメします。

概ね順調なフリーランス生活ですが、最近は弊害も感じています。

それは……なんだかボケてきたこと。

同居しているとはいえ、日中はひとり。人と話さない時間が増えたことでボケたのか、まこちゃんからも「トロい」と指摘されることが増えました。

たとえば、パジャマを裏表逆で着ていることに気付かず動画を撮っていたり、ソフトクリームが顔についているのにいつまでも気付かなかったり、蓋が閉まったままドレッシングをかけようとしていたり、ネットで契約したジムが思っていた場所と違っていたり……。

ボケの進行を食い止めつつ、しばらくは今の働き方のまま頑張るつもりです。

働き方はいろいろ。フリーランスと会社員、どっちが良いかは自分次第

まこちゃん

会社員からフリーランスになったかいちゃんを間近で見て思うのは、働き方っていろいろあるし、みんな「ないものねだり」だなということ。

近年は働き方が多様化しており、フリーランス人口も増えています。会社員を経験せず、学生からフリーランスや起業を目指す人も多いですよね。

フリーランスは自由とか、会社員より楽とか……そう思ってフリーランスに憧れる人もいるかもしれません。

でも、かいちゃんをリアルタイムで見ているからこそ「フリーランスのほうが良い」とは言えません。フリーランスの良いところは、時間的な制約がないところだ

と思います。ただ一方で、ひとりで働いているので褒められる機会は少なく承認欲求は満たされないし、自分が失敗したらすべて失うリスクもついてまわります。

会社員の場合は時間的な制約はあるものの、基本的にリスクはすべて会社が負ってくれます。給与も保証されているし、成果を出せば承認欲求も満たされます。でも、だからと言って一概に「会社員のほうが良い」とも言えません。時間的制約もあるし、フリーランスほど自由に意思決定はできません。

フリーランスも会社員も、どちらを「良い」と思うかは自分次第。

僕はありがたいことに、会社員として疑似フリーランス体験ができています。かいちゃんの働き方を間近で見られるし、副業として一緒に仕事を生み出す経験ができています。いざこの働き方に取り組んでみて、自分で仕事やお金を生み出すことがどれだけ難しいか実感しました。

自分もかつてはそうでしたが、会社に文句を言いながら働いている人には「じゃあ一発チャレンジしてみろ」と思います。嫌々働くのであれば、フリーランスの厳しさも体験してみるべきです。

でも、「フリーランスのほうが偉い」と思っているわけではありません。フリーランスで大成功して稼いだ人の中には「会社員やってるのってバカらしい」と言う人がいます。でもフリーランスの方が稼げるのは、会社勤めの人がいるからこそ。いろんな働き方の人がいて社会は成り立っているので、互いに見下すような考え方には納得がいきません。

会社員とフリーランス、どちらの働き方が上とか良いとかではなく、どっちも苦労するし良い面がある。

どっちの働き方が合うのか、どっちで生きていきたいのか。結論を出すのは自分だと考えています。

実は、僕は3月に会社を辞める予定です。

理由は、かいちゃんとの活動にもっと力を入れたいから。でもSNS一本で行くのではなく、他の仕事をしながら活動をするつもりです。今以上にこの活動に注力できるよう、今は方法を模索しているところです。

SNSで成功することは、僕とかいちゃんの共通の夢。時間的制約を受けず、その夢にフルコミットしたい……そう思う気持ちも、嘘ではありません。

でも、かいちゃんの苦労を身近で見ているからこそ、想いだけで決断はできません。会社員・フリーランス双方の良い面・悪い面を知っているので、どんな道を歩むべきか真剣に悩んでいます。

飲みニケーションって必要？

DIALOGUE

まこちゃん　かいちゃん

まこ コロナ禍も影響しているのか、会社内でのコミュニケーションって年々難しくなってるよね。

かい 会社の飲み会は行くべきか、行かなくて良いか……とか、よく話題になるよね。俺らも、部下を飲みに誘ったら嫌かな？　とか考えたことあった。

まこ 俺的には、飲みの場のほうがフラットに熱い話がしやすいなと思う。

かい そうだね。飲みニケーションってやっぱりあると思うし、飲みの場だからこそ伝えられることもあるよね。超現実的なことを言うと、飲みニケーションスキルがある人のほうがうまくいくとは思う。

まこ うんうん。仕事中に熱い話をすることもできるけど、飲みの場のほうが表現しやすい。俺自身も、部下に想いを伝えるのは飲み会のときが多かったな。熱い話をするために飲みに行くというよりは、仕事の意識醸成をするために想いを共有する場所として飲み会がある、って感じかな……。

かい 真面目だな(笑)。部下目線で言うと、上司を見極めるチャンスでもあるよな。一緒に飲みに行ってもしようもない話ばっかかしてる上司だったらそれまでだし、話をして学びがあれば仕事上でも尊敬できる。飲み会って、関係ができるまでは正直楽しいもんではないと思う。でも、あくまで会社や同僚を知る手段として、自分のためになると感じられるなら、行くのが良いんじゃないかな。

まこ 飲み会を避ける風潮はあるかもしれないけど、月岡さんみたいな上司だったら「行きたい!」って思う。得られるものもあるし、楽しいし。

かい 上司目線で考えると、部下に誘われないのは自分がつまんない人間だから。「この人からは学べることがないな」とか「楽しい話は聞けないな」と思われてるってこと。確かに俺が部下なら行きたくない。その反面、俺も月岡さんとは飲みに行きたい（笑）。

まこ そう思える上司がいるって素敵だよね。そこまでの関係構築ができてないなら、それこそが問題。

かい 飲んだ後に「お礼メール」をしなきゃいけない会社もあるらしいよ。でも俺らは上司と仲良すぎて「お前」とか言っちゃうからな……（笑）。メールでお礼を言うなんて堅苦しいことはしないよね。

まこ お礼メールはしないけど、会社で会ったら「この前はご馳走様でした」とお礼は言うようにしてるよね。で、その飲み会の思い出話をちょっとする。そういうのは大事にしてるかも。

かい うんうん、飲み会の翌日に上司の机まで行って「昨日はあざした！」みたいな感じ（笑）。逆に、部下からお礼メールが来ると「距離詰められてねぇな」って思っちゃう。直接「あざした！　ごちです！」「良いよ良いよ」くらいのほうが良い。「お礼メールがない」とか怒る上司がいたら、それは老害（笑）。

まこ だよね、求めるものではない（笑）。メールが来たら「マジメだな〜」って思うくらいで、メールしないことをダメだとは思わないね。ちなみに、かいちゃんはタバコを吸うよね。タバコミュニケーションはどう？

かい コミュニケーションはあったけど、これはなくても良いんじゃない？　って思う。タバコ吸いながら軽く愚痴を言うくらいで、大事な話はしないし……タバコ吸ってるのって、たかが1〜2分だからね。それに、健康のためにもあんまり吸わないほうが良い（笑）。

まこ 結論それか（笑）。

かい ひと昔前だと、タバコミュニケーションで仕事が左右されることもあったのかもしれない。けど、今はそういう時代じゃない。勤務中に頑張れ（笑）。

まこ うん。僕も、吸えないことで困ったり損したりしたことはないね。

かい 万が一タバコで差が付いたとしても、そんなのすぐ取り戻せるよ。

ワラバカ×上司 クロストーク その1

特別企画！ 元・上司のお三方をスペシャルゲストに、同期時代のかいちゃんまこちゃんのエピソードから、ふたりのSNS活動への本音まで語っていただきました。

月岡 雅史さん
本書でお馴染み。ワラバカのふたりの恩人

熊倉 宏太さん
課長。気さくな優しい頼れる先輩

佐藤 翔太さん
部長。ユーモアあふれるみんなのリーダー

一緒に働いていた頃の、かい&まこの印象

月岡 ふたりは〝ほこたて〟やね。かいが攻めで、中村（まこ）が守り。俺は、ずっとかいのことを「生意気やな」と思ってた（笑）。飲んでるときに俺が「この部署をこうしていくんや」みたいな話をすると、かいが「いやいや、月岡さん。分かりましたけど、ただね……」って反抗してくる（笑）。すると、中村が「じゃあこうしましょう！」って形を整えてくれる。それを佐藤さんに持っていくと、「OK！ 行け！」と指示を出してくれる。いつもこんな感じやったな。

まこ 良いエピソードですね（笑）。僕らも自覚があります。かいちゃんが先陣切ってくれるから、僕がバックアップしようって意識でいました。これがお互いの役割と認識してましたね。

佐藤 かいは、目標達成のためにどうまわりを巻き込むかを考えて、けっこう尖った案を持ってくるイメージ。中村は、まわりがなにをやりたいかを察して、うまくフォローするイメージ。

月岡 そうですね。俺が直属の上司としてふたりを見ていたときは、悪い意味ではなくお互いすごく意識してるなって感じてた。

まこ 僕は意識してましたね。かいちゃんが描いていることを「すげえな」と思ってたし、多少ジェラシーも感じてたし……。

月岡 中村は「僕は仕組みを作ったりモニタリングしたり、改善の部分をやります」って言ってたよね。かいは、それができないから「絵を描きます」って。個別に話してもそう言ってたから、やっぱり良い関係だなと思う。

まこ それは、月岡さんが上手く舵をとってたからってのがありますよね。

月岡 でしょうね（笑）。

佐藤 中村、初対面の印象は悪かったの（笑）。前情報で「飲み会で人を酔い潰して笑ってるヤツ」と聞いてて。「そんなヤツいんの!?」って思ってた。

月岡 最初の中村の印象は「こいつ、揃ってんな」。アメフト部でキャプテンやってたし、顔も良いし高身長だし。

まこ そう思ってたんですか!?

月岡　思ってた。

熊倉　入社直後の頃でしょう。うちの部署にめちゃくちゃほしいと思ってた。

月岡　そうそう。そんな印象だったから、入ったばかりの頃から可愛がりに行ってたんですよ。めっちゃ声をかけたり、教えたり。でも2ヶ月くらいで突然「辞めます」って話をし出して。そこから、ズルズルダラダラ……。で、ある日電話がかかってきて「月岡さん、久しぶりに受注とれました！」と言われて。「なんて可愛いんや」と感じたのと同時に、「やっとこのステージに来たんか」と思った。思ってたよりポンコツだけど良いヤツ、みたいな（笑）。で、かいも前情報がヤバかった。「辞めそうでやさぐれてるヤツ」という（笑）。

佐藤　「異動しても良いけどすぐ辞めるよ」みたいなイメージがあった（笑）。

月岡　ふたりで話したとき「会社のことどう思ってんの?」って聞いたら、「僕は別に会社はどうでも良いです。半年後に辞めてやりたいことやるんで」って言われて。なにこいつ、殴ろかなと思いました（笑）。

かい　あの頃は、だいぶすれてたので……（笑）。

月岡　そんなスタイルで仕事して、なにが楽しいの？　じゃあ辞めたら良いやんってバーッと話してたら、急に唇が震え出して……

かい　うわ、恥ずかしい！

月岡　目が真っ赤になって、涙がちょちょぎれて。そこから本音を話してくれて「こいつ熱いやん」って。それで俺も目頭が熱くなって（笑）。で、なぜか意気投合してしまって（笑）。そこから仕事のパフォーマンスが死ぬほど変わったね。常に意見を言ってくれたし。

かい　僕のターニングポイントですね。

月岡　それで言ったら、中村とのターニングポイントはなかったけどな（笑）。

まこ　じんわーり積み上げてきた感じです（笑）。

月岡　なんか知らんけど、営業のときから俺のこと好きだったよな。

まこ　そうなんですよ。最初から懐いてました（笑）。裏切らない人だって知ってたんで。

月岡　お互い「こいつは大丈夫だ」って思ってたよな。

佐藤　月岡が辞めてふたりが課長になるとき、ふたりとも自分たちのビジョン・目標・課題・解決策・スケジュールを出してきたんだよね。これって大事なことだけど、一発でやるヤツってそうそういない。この時点で「大丈夫だ」って思いました。

月岡　俺が辞めた後、そんなんできるようになってたんや。

佐藤　それはつっきー（月岡）の指導だって言ってたよ。

月岡　僕がふたりを一番リスペクトしてるのは、マジメなことを言ったあとの推進の部分。推進するときって誰かを置いてけぼりにしちゃうとか難しいところがあると思うんですけど、この子たちは笑いながらやるんですよ。SNS発信も笑いや楽しさをバリューとして提供してるから「繋がってるな」と思いながら見てる。……今良い話しましたね！　旨い酒飲も（笑）！

178ページにつづく☆

CHAPTER 4

楽しく、自分らしく生きたい

「趣味」は「仕事」になる?

まこ 「趣味を仕事にしたい」って思う?

かい 思う。というか、趣味で始めた動画編集が今仕事になってる。「好きなことは趣味のままで良い」という人もいっぱいいるけど、俺は「好きこそものの上手なれ」だと思うんだよね。好きで極めた先に成功があると思う。

まこ 趣味が仕事になると、嫌になったりはしない?

かい 趣味でやってたときより考えなきゃいけないことは多くなったけど、それで「嫌だ」とは思わない。というか、仕事感覚じゃなくなるかも。仕事として動画編集をやってるんだけど、好きだから仕事感が薄いというか。趣味を継

まこ 続して極めると、仕事になるんだと思うな。まこちゃんはどう？ できるもんならしたいな。仕事＝会社勤めという方法しか知らなかったから、今まではすでに出来上がっているところにジョインするしか選択肢がなかった。自分で仕事を作るってすごく大変だけど、趣味が仕事になってる時点で「すごく愛情を持ってやっている」ことだと思うんだよね。そこには自分なりの知恵があったり、なにかしらの運命的なものが作用したりしてると思う。それってすごく素敵だと思うから、将来的には趣味が仕事になったら良いな。俺は料理やキャンプが好きだから、それでなにか発信できたら……。

かい 良いね！「趣味を仕事にする＝好きなことだけやっていれば良い」と思う人もいるかもしれないけど、俺はそうじゃないと思う。むしろ好きじゃないこともやらなきゃいけないんだなって感じてる。やりたいことのために、やりたくないこともちゃんとやらなきゃ。

まこ そうだね、誰しも好きなことだけやってるわけじゃない。俺の場合は……実は単純作業が苦手。パソコンと向き合ってずっとカタカタやるのって、本当は得意じゃないんだよね。

かい SNSの活動って楽しそうに見えるかもしれないし、実際好きでやってはいるけど、その裏側にはいろんな苦労があるよね。まこちゃんも仕事から帰って、疲れてるのに何時間も撮影したり編集を手伝ってくれたり……。俺も常に企画のことを考えてるし、休みなく撮影や編集をしてるし。自由な時間のすべてを削って、活動に費やしている側面はあるよね。ただ、これがストレスかっていうとそうではないんだよね。犠牲にしてるものはあるけど、好きでやっている。やりたくないこともあるし、疲れて寝たいときもある。……でも、あくまでも好きでやってる感じ。

まこ 俺がこの活動をやれてる理由は、チームで戦えてる実感があるからかも。たとえ好きなことだったとしても、孤独な戦いだったら、本当に好きでやっているのか分からなくなると思うんだよね。もし一人でSNS活動をしてたら、仕事から家に帰って、編集して撮影して……そんな毎日、へこたれちゃう！でも今は、リョウタも手伝ってくれているし、かいちゃんもいろいろアドバイスしてくれるし。こうやってチームでできているのが、やれてる理由かな。

自分磨きで自己肯定感UP！カッコいいは作れる

BY

かいちゃん

僕は「美容」が好きです。

化粧品を試したり、脱毛サロンに行ってみたり……自分磨きをすることは、僕にとって「自己肯定感を上げる」ことに繋がっています。

高校時代、僕は思春期ならではのニキビ肌に悩んでいました。ただ、肌改善の知識もないしお金もない。当時はニキビを改善できず、肌の汚さは長年僕の悩みでした。

今でこそ自分に自信がありますが、10代の頃はまったく自信がありませんでした。

美容を意識し出したのは、社会人になってから。

以前よりもお金に余裕ができたことで、眉毛を整えたり、脱毛をしたり、継続して化粧品を使えるようになったり……自分に投資ができるようになったのです。

肌の悩みが減るのと反比例して、僕の自己肯定感は向上。しだいに洋服にも気を遣うようになり、垢抜けたからか、人から「カッコいい」と言っていただくことも増えました。

僕の日課は、毎日水を2L飲むこと。
そして朝晩丁寧に洗顔をしてパックをし、美容液をつける……男性だと特に、美容にかける時間を面倒だと思う人も多いかもしれません。でも、僕にとっては大事な時間。なぜなら、美容にかける時間は〝自分がカッコよくなっていく時間〟だから。

洗顔をしてパッと顔を上げると、そこには数十秒前よりもカッコいい自分がいる。……そんな錯覚をしながら、自己肯定感を上げています。

垢抜けのポイントは、肌質改善。それから、髭や鼻毛、眉毛など〝毛〟を整えること。また、筋トレやダイエットも効果的です。自分に似ている芸能人の、服装や髪形を真似てみるのもオススメ。

見た目をどうこう言う時代ではないけど、やっぱり見た目は大事！　でもそれは誰かのためではなく、自分のためです。

「カワイイはつくれる!!」という有名なコピーがありますが、僕的には「カッコいいもつくれる」！　もちろん生まれながらのポテンシャルもあると思うけど、ある程度のところまでは誰でも努力でカッコよくなれます。

そもそも、女性が「可愛くなろうとしている過程」そのものが可愛く見えるように、男性が「カッコよくなる努力をしていること」それ自体がカッコいいのだと、僕は思っています。

「丁寧な暮らし」で自分のご機嫌を取る

BY

まこちゃん

僕は、「丁寧な暮らし」をしている自分が好きです。
「丁寧な暮らし」の秘訣は、少し背伸びしたアイテムを使うこと。
例えば、料理をするとき。高価なオリーブオイルを使ってみるとか、機能性の高い調理器具を選んでみるとか、ちょっとした背伸びで気分がガラッと変わります。
少々金額が高かったとしても、自分が「良い」と思えるアイテムを使う。そうすると「大事に使おう」という意識になるし、「これを使っている自分って素敵」とご機嫌になれます。

思い返すと、使うアイテムにこだわるのは大学時代にルーツがあります。

大学時代、僕はアメフト部に所属していました。ぶつかり合っても耐えられる屈強な身体を作るためには、食事が重要。入学後、僕は20kgほど体重を増やしました。身体作りのためにまずやったのは、調理器具や料理本を購入すること。それがきっかけで〝形から入る〟ことを大事にするようになり、料理が趣味になりました。

最近料理をしていて楽しさを感じるのは、同居人のかいちゃんやリョウタが「美味しい！」と食べてくれたとき。

「またこのガパオライス作って！」などリクエストされると、「子どもに料理を作ってあげる親って、こういう感じかなぁ」という気持ちになります。

最近気に入っているアイテムは、キッチンスパッター。これは、分解して洗えるキッチンばさみ。衛生的に、様々な食材を切ることができます。

また、せいろもお気に入り。せいろで蒸し野菜を作ると甘みが出るので、同居人からも好評です。

「丁寧な暮らし」って、心やお金に余裕が無いとできないものだと思われがち。でも、僕的には形から入って良いものだと思います。むしろ暮らしを整えることのメリットのひとつは、自分の精神状態を確かめられることです。余裕がなく、暮らしをないがしろにしてしまっているときこそ、整える必要があると感じます。

暮らしの情報を発信しているインフルエンサーはたくさんいるので、まずは「良いな」と思うアカウントを見つけてみましょう。

一つ真似してみるだけで気分が変わると思うし、「今丁寧な暮らしができているな」と思うだけでご機嫌になれますよ。

仕事のストレスは仕事でしか解消できない

BY

かいちゃん

フリーランスは決まった休日がないので、僕は四六時中仕事のことを考えています。作業をしていないときも企画を考えているので、常に脳みそは仕事モード。

そのため、僕にオンオフの概念はありません。

「オンオフがないってストレス溜まりそう」と思われるかもしれませんが、今のところこの状態にあまりストレスを感じていません。

それはおそらく、常に好きなことを考えられているから。そして、自分次第でどうにかなることしかやっていないから。考えたことをすぐに試せる仕事なので、僕はすごく幸せな働き方をしていると思います。

オンオフはないけど、これは自分で選んだ道。やらされ仕事をしていないのが、ストレスを感じない理由だと思います。

もちろん、うまくいかないことはたくさんあります。でも「どうやったらうまくいくんだろう」と思考するのは、前向きな悩み。前向きに悩めることを「ありがたい」とすら思います。極端に言うと、今はストレスすら気持ち良い状態。

最近、美容師さんと話していて「たしかに」と思ったことがあります。

それは「仕事のストレスは仕事でしか解消できない」ということ。友達とパーッと遊んだら、一時的に気持ちが晴れるかもしれません。でもそれは根本的な解決にはならない。仕事でバコーンと結果を出したほうが、根本的な解決になります。

とにかく結果を出すことが、ストレス発散の近道です。

自分で選択し、成功するまで努力する。それが自己肯定感の源

かいちゃん

自己肯定感を上げる秘訣は自分磨き……とお話ししましたが、それ以外にも僕が心がけていることがあります。

それは、「自分で選択する」こと。

僕はこれまで、自分で物事を決めて人生を進めてきました。

たとえば、中学の頃。

進学に関しては、親や先生に相談して決める人も多いと思います。でも僕は、基本的に事後報告。母親には、「バスケットがしたいし、学ランが着たいから勉強してここに入るね」とサラッと伝えて公立高校に進学。大学受験の際も、「教員免許

が取りたいから大学に行くね」と言うだけ言って、自分でアルバイトをして塾に通い、特待生で大学進学しました。今までのどんな選択も、「〜だから」と自分で理由を説明できるものです。

そしてその選択において、僕は「失敗したことがない」と思っています。なぜかと言うと、自分で選んだ道を失敗で終わらせないよう行動してきたから。

こういう背景があるから「自分が決めたことは絶対にうまくいく」と思えるし、それが自己肯定感に繋がっているのだと思います。

「自分で選択する」を怠《おこた》り他者に権限を委《ゆだ》ねてしまうと、失敗したとき他者のせいにしてしまいます。それが嫌なので、僕はすべて自分で意思決定するのです。

自分で決めて、成功するまでやり抜く。

これが、僕流の自己肯定感を上げる方法です。

そして、自己肯定感って本来は「絶対評価」です。

自分で自分を評価し肯定してあげるものなので、本来はまわりの視点なんて必要ありません。僕は僕をすごいと思っている、それだけで良いです。


自己肯定感が低くて悩んでいる人は、もしかしたら「相対評価」で自分を見ているのではないでしょうか？

まわりと比べたり、人からどう見られているかを気にしたりして、自分の評価を決めてしまう。それが自己肯定感の低下に繋がっているのではと思います。


まわりは意外と、自分のことなんて見てないし気にしていません。

歩む道は自分で決めて、成功するまで頑張って、結果が出たら自分を褒めてあげる。それだけで良いのではないでしょうか。

楽しいから笑うんじゃない、笑うから楽しいんだ！

BY

まこちゃん

逆境を自ら切り拓いてきたかいちゃんとは異なり、僕には「自分で選択してきた」ようなエピソードはありません。

もちろん努力もしてきましたが、比較的恵まれていたと自覚しています。〝不自由ゆえの逆境〟みたいなものはありません。挫折らしい挫折もなく、ここまで円満に生きてきました。

こんな僕の自己肯定感は、なぜ高いのか。逆境を乗り越えてきたわけではないのに、なぜ自信を持って過ごせているのか。

……それはおそらく、「笑い」が関係していると思います。

ストレス発散方法として、笑うことをオススメしました。でも実は、「笑い」は自己肯定感を上げることにも直結します。

僕は、自らちょけて人を笑わせるタイプです。

でも地元の友達に聞いたところ、小学校時代の僕は〝ニヤニヤしてる〟だけの子どもだったそう。笑っちゃいるけどニヤニヤだけで、人を笑わせるタイプではなかったと言われました。

つまり、僕は生まれながらに人を笑わせるタイプだったのではなく、徐々にそうなっていったということ。

「自分が笑うことでその場を楽しませる」という成功体験を積み重ねるうちに、僕は「何事も笑い飛ばせば楽しくなる」と気付きました。

それが「自分がいれば絶対にその場が楽しくなる」という自信になり、自己肯定感へと繋がっていくのです。

僕は何事も「自分が楽しもう」という意識が強く、よく笑っています。楽しいから笑うというより、自分が笑うことで楽しい場が生まれる。自分が楽しんだ思い出は記憶にも残りやすいので、僕の人生は楽しいことばかりです。

いつかこの先タイムマシンが出来た時のために、いつ戻っても楽しかったと思えるような人生を歩みたいと思っています。

そういった意味では、今自分楽しめているかな？　今の環境って笑えているかな？　と振り返り自分の精神衛生を確かめることは重要かもしれません。

僕は、なにか自分にとってマイナスなことが起きたら、積極的にそれらを〝ネタ〟にします。悶々と隠すのではなく、恥ずかしげもなくエピソードトークとしてしゃべり、笑いのネタにしてしまうのです。

もちろん感情の起伏は人間等しくあると思いますし、時には怒ったり泣いたりすることもあると思います。

ただ、どんなことも笑い飛ばして最終的には可笑しい想い出に昇華してしまえば、自分自身の捉え方が変わり楽になれると思います。

とにかく、「笑う」こと。それだけでストレスもなくなるし、自己肯定感も上がる。そういった意識が広がり、世の中がもっと笑いに溢れるようになっていってほしいと願います。

「自分らしく生きる」とは？

まこ 「自分らしく生きる」って、どういうことだと思う？

かい 「自分らしく生きたい」ってみんな言うけど、そもそも「自分らしさ」がなにか分かっていない人のほうが多くない？

まこ 確かに。

かい 自分がなにを好きでなにが嫌いなのか、どんなとき楽しくてどんなとき悲しいのか……それを分かっていない人が多いよね。だから、自分らしく生きるには、まずは自分のバックグラウンドを知るのが必要なのかも。どうやって生きてきて、どんなことを志して、どんなときに幸せな感情を感じるのか？

まこ それを知るのがめっちゃ大事だなと思う。かいちゃんが幸せに感じるのは、どんなとき？

かい 俺はお金を稼ぐより、誰かになにかをしてあげることで幸せを感じる。そこから思考を深めると、俺はお金を最優先するのではなく、誰かのためになることをやった結果でお金を稼げるのが一番良いと思うんだよね。そういう軸で生きるのが、俺の自分らしさになるのかな。

まこ 自分らしく生きるには、まず「自分」に向き合うのが大切かもね。かいちゃんはどうやって自分を知った？

かい 23～24歳くらいのときに、全部書き出した。半年後・1年後・10年後・30年後……細かく時系列を分けて、そのとき自分がどうなっていたいのかを書き出してExcelに打ち込んで。そうすると、がむしゃらに頑張るのではなく「30年後にこうなっていたいから、今これを頑張る」と逆算ができる。さらに、「なぜ30年後にそれをやりたいのか」も落とし込んで言語化したね。すると、自分はなにが好きでなにが嫌いで、どんなことをしたくてどんなことはしたくないのか分かる。

まこ それが今も軸になっているんだね。みんなもやってみたら良いかも。

かい まこちゃんは「自分らしさ」ってなんだと思う？

まこ 俺は、ＳＮＳでの発信や部下のマネジメントを通じて「自分らしさ」を強く認識するようになったよ。今までもぼんやり自覚はしていたと思うんだけど、ちゃんと認識したのは最近のこと。

かい そうなんだ。ＳＮＳ発信を通じて、なにが見えたの？

まこ ＳＮＳでは、偽りなく自分を打ち出してるでしょ。となると、あらためて「飾らない自分ってどんな感じだろう？」って考える。ありのままを発信することで、後から見返して「こういう言葉選びをするのが自分なんだ」と自認したりする。

かい なるほどね。じゃあ、部下のマネジメントを通じてなにが分かった？

まこ 部下指導のとき、最近「自分はこれまでこういうことをしてきた」とアウトプットすることが多いんだよね。すると、自分が大事にしてきたことや価値観が見えてくる。その過程で「俺はこんなことが長けていて、足りないものはこれだな」と分かってくる。アウトプットの過程で、自分が見えてくるんだよね。

かい たしかに、言語化することで分かることがあるよね。

まこ 部下のマネジメントをしつつ、自分が上司からフィードバックをもらうこともあるでしょ。そこでも、自分らしさが浮き彫りになるね。SNSも部下指導も、どちらもキーワードは〝発信〟すること。かいちゃんのように書き出すのも手だし、俺みたいに口に出すのも良いよね。

かい 俺は自分と向き合いながら「自分らしさ」を見出して、まこちゃんは他者との関わりの中で「自分らしさ」に気付いている感じだね。

まこ そうだね、アプローチに違いがあるかも。俺は、人と関係作りをする中で自分が作られると思うんだよ。たとえば、水切りに最適な平べったい石。これは、大きな川の流れに乗って大きな岩々にぶつかった結果、形を作られるものので……

かい ？　全然分かんない(笑)。

まこ だから、平べったい水切り最強の石は、荒波に揉まれ岩にぶつかった結果、形作られるでしょ！　僕らも同じで、人間関係で揉まれたり壁にぶつかった結果、最終的に良い石になるっていう……ことです！

かい 言い淀《よど》まず言い切れよ（笑）！　しゃべりながら途中で恥ずかしくなったでしょ。

まこ 水切り最強の石は、また川に戻り……「自分らしく生きる」って、難しいね（笑）。

かい 多分、自分らしく生きると「他人に嫌われちゃうんじゃ」って心配する人もいるよね。で、実際、嫌われると思う。でも逆に、好かれるとも思う。「2─6─2の法則」だね。

まこ どういうこと？

かい 2割は、俺がなにをやっても嫌う人。6割は、俺がどう行動するかにより好き嫌いを決める人。で、残りの2割は、俺がなにをやっても好きでいてくれる人。

まこ あ、その法則、聞いたことあるかも。

かい 「2─6─2の法則」をもとに考えると、大切にすべきなのは俺がなにをしてもずっと好きでいてくれる2割の人たち。この人たちは、俺がなにをしてもずっと好きでいてくれる。で、俺が自分らしく生きることで嫌ってくるヤツらは、そもそもなにをしても嫌うヤツら。自分が好きなことをやって応援してくれる人を大切にすれば良いんじゃないかと思うね。

まこ そうだね。あと、最近は感情表現が苦手っていう人も多いよね。アウトプットが自分らしさを見つける手段だと思うからこそ感じるのは、「感情表現しないのはもったいない」ってこと。自分の考えや感情を外に出したほうが、人間味が出て魅力的じゃない？　だから俺は出すべきだと思う。

かい それは本当にそうだよね。

まこ たとえば、誰かが素敵な取り組みをしていたとして、それを褒めるのってちょっと恥ずかしい。「良いな」と思っても口に出さない人も多いかもしれないけど、賞賛の気持ちは伝えたほうが良い。こうやって感情を外に出すことで、自分らしさも見えると思うんだよね。

かい 感情を内側に留めていては、自分らしさが外に出ない？

まこ そうそう。自分らしさってなんだろうと思うなら、まずは感情表現することが必要。自分という人間を作るために大事なプロセスだと思うから、恥ずかしがらず感情を出したほうが良いと思うな。

ワラバカ×上司クロストーク その2

144ページのつづきだよ!

上司3人の仕事観

まこ　僕らが尊敬している3人から、仕事をするにあたって大切だと思うことを教えていただきたいです。

月岡　自分が彼らによく伝えていたのは、大きく分けて二つ。一つは「誠実である」こと。もう一つは「自分なりの考えを常に持ち続ける」こと。それから「上が求めていることをどう描くか」についてもよく話してたね。下から上をコントロールするくらいでありなさい、と。この教えが今では中村から部下に伝わっているようで、すごい嬉しい。自分が大事にしていた考えが継承されているのが嬉しいね。

熊倉　「自分がどうしたいか」を持って仕事をするのが大事だと思うね。それが長期・短期にかかわらず「こうしたい」があるからこそ、自信を持って発言できるから。これは、仕事ができる・できないの前に大切なこと。

佐藤　僕は、部下には自分で考えて伸び伸びやってほしいと思ってる。会社に長くいるほど守りに入ってしまうけど、ふたりはすごく攻めてたよね。それを見て、僕も成長させてもらったな。

月岡　佐藤さんは、大枠の戦略を描いたうえで任せてくれる上司。それで僕も好き勝手やらせてもらったな。個人的に気になってるんだけど、怒ったことありますか?

佐藤　僕は、人の道を踏み外したときとか、怒らないと成長しないタイミングでしか怒らないと決めてる。会社で怒ってる人って、大体がパフォーマンスだから。

かい　確かに、怒ってる人はパフォーマンスが多かったかも……。この本を読んでいる人が上司になったときは、部下には伸び伸びやらせたほうが成長するかもしれないですね。

佐藤　個々人の能力もあるけどね。あと、スポットではちゃんと確認するのも重要。間違ってたら修正するのも大切なこと。

月岡　仕事で成果を出すためには、指示通りにもやりつつ、上が求めていることを正しく捉えて自分なりに動くのも大切だよね。そのためには能力も必要だけど、自己研磨ってしてた?

まこ　僕はそんなにしてないですね。

月岡　じゃあ、目の前の限られた環境でどう結果を出すかでやってたのかな。

まこ　自己研磨したからできるようになることもあると思うけど、僕は与えられた環境下で100%力を発揮したからできるようになったと思います。これができたのも、結局は伸び伸びやれたから。あと僕の場合は、憧れの存在がいたのも大きいですね。目標がはっきりしていたので、その人がやってることを盗みに行こうという視点が養えたのかな。だから仕事に悩んでいる人がいたら、目標の人をひとり作ると良いかも。

月岡　俺がカスタマーサクセスに異動したとき、みんなにけっこう負荷をかけたつもりだったんよ。しんどくなかった？

かい　しんどくなかったですね。任してもらえたのもあって、楽しかったです。当時僕はいてもいなくても良い存在だと思ってたので「お前がいなきゃだめだ」と頼られたのが嬉しかったんだと思います。負荷とは感じず、むしろ連帯感があって楽しかったです。

まこ　僕は〝変えられてる実感〟があって良かったですね。変化の過程がすごく楽しかったし、成長してる実感があったのでやりがいも感じてました。

月岡　自分の居場所を作るとか変化とか、捉え方は違えどそういう視点で楽しさを見出してた感じなのね。中村は、なにがターニングポイントで変われたの？　元々は営業がダメで山手線逆回りして帰ってくるようなヤツやったやんか。「ロールモデルに近付きたい」とかもあると思うんやけど、それってあくまでもトリガーやんか。そこに至るまでに、どう視点が変わったの？

まこ　明確なターニングポイントがあったわけではないんですよね。変化した結果自己承認できたというか。その過程が楽しかったんですよね。腐っている組織を変える一因になれたことでマインド変化したのかなと思います。……あと、彼女ができたからです（笑）。

月岡　多分それだわ（笑）。

ふたりのSNS発信について思うこと

まこ　僕らがSNSで活動するって知ったとき、どう思いましたか？

月岡　俺は「仕事くれ！」って思った。

佐藤　出たいってこと？

月岡　そうそう（笑）。この前、二人で飲みに行ったんですよ。それをYouTubeに上げてくれたんでコメントを見てみたら、「月岡さん」ってワードがけっこうあって、あれめちゃくちゃ嬉しいな。

一同　（爆笑）

月岡　だから、「あの動画の月岡だよ」って気持ちで今日は話してんのよ。

かい　嬉しかったんですね（笑）。

月岡　で、この前奥さんにもYouTube見せたんよ。そしたら「あんたこういう考え方で仕事してんのね」って素で言われて。「はい」みたいな（笑）。だから、こうやって自分で考えていることを発信するって面白いなと思った。でも反面、炎上したり悪口書かれたりする可能性もあるとは理解してるよ。

佐藤　俺はね、SNS発信はシンプルに「めっちゃ良いな」と思ったのよ。羨ましい、選択肢が広がってることが。したくても本当にしようとはしないじゃん。素直にすごいなと思ってる。

かい　セルフプロデュースできますしね。

一同　セルフプロデュース（笑）？

かい　自分で見せ方をどうにでもできる、みたいな。昔だったら、表に出る人は事務所に入って、決められたキャラを守って仕事をしてたじゃないですか。でもYouTubeは自分で見せ方をプロデュースできるし、一般人でも誰でもできるのは新しい選択だなと。

佐藤　俺もそう思う。俺らの時代って、インスタグラマーとかクリエイターって限られた人ってイメージだった。けどふたりがそうなって、こんなに身近なんだと思ったよ。……こういう意味で、誰の未来にも繋がる可能性があるんだって深く思ったんです。

かい ちょっと酔ってますか（笑）？ SNSやること、心配しませんでした？

佐藤 マジで「失敗して帰ってこい」とは思いました（笑）。

まこ ミーティングで皆さんに報告したんですよね。本当は「フォロワー1万人超えたら月岡さんに報告しよう」と思ってたんですけど、もうバレてて（笑）。月岡さんが知ってるなら良いかと思って、皆さんに報告して。

佐藤 最初の動画100万回くらい回ってたよね。

熊倉 ゲームの広告にかいが出てきてびっくりしたもん。

佐藤 誰も心配はしてないね（笑）。

熊倉 ミスったからといって食いっぱぐれることはないし、ダメならダメでなんとかなるでしょ。しかもこのふたりだしね。俺、中村のファンに会ったことあるんだよ。コンビニにメシ買いに行ったら、中村が外で女の子としゃべってて。友達かと思ったら、中村が「あ、ファンです」って（笑）。

佐藤 中村はもうねえ、素人の大事な心を忘れてしまいました。褒められることが当たり前の世界に行ってしまったね。

かい 確かに。ちやほやされたい（笑）。

佐藤 泥水すすってた時代を思い出してよ（笑）。ウェーイってやってたのに、イケメン側に行っちゃって……

まこ え～、今もウエイ側ですよ（笑）。

熊倉 まぁこの活動が足かせになってる感もないし、見守ってます。

上司3人から かい&まこにメッセージ

月岡 今度うち来て。娘がかいのファンなんだよ。前にうちに来たとき、めっちゃ娘と遊んでくれたんだよね。そのとき、「長いポテト＝かい」っていう例えをしたんだよ。そしたら娘が、マック食べるたびに「これはかい先生、これはパパ、これはママ……」って遊ぶようになって。

かい ありがとうございます！ もっと強いメッセージもください（笑）。

熊倉 これからも繋がってたいですね。この活動は頑張ってほしい。地元に帰ったとき「俺の部下だ」と自慢できる存在になってほしい。

月岡 俺は、また一緒に仕事したいね。だから「俺の下に来い」ってふたりとも誘ってる。マジメに引き抜こうとしてる（笑）。

佐藤 いつか結婚したら、結婚式呼んでほしいなぁ。一緒に働きたいのもあるけど、それぞれの人生で成功してほしいって気持ちもあるから。今は俺らの子どもと遊んでくれてるけど、いつか逆になるかもしれない。

熊倉 うちの子どもたちがふたりの子のお兄さん・お姉さんになるわけだもんね。

佐藤 そんなん見たら、目頭熱いぞ。

月岡 熱いねぇ～。せっかく仕事で出会った縁ですから、大事にしたいですね。

佐藤 けっこう妄想するんだよ。自分の葬式に参列してるふたりとか、結婚式とか……（笑）。

おしまい❤

CHAPTER 5

日常の中に遊びを見出す

毎日、笑ってる？

かい 俺は、毎日まこちゃんに笑わされてるね。

まこ 俺の笑い声につられて笑ってるよね。でも、俺もかいちゃんに笑わされてる。日々、ちょけを仕掛け合ってるね。

かい 笑わせ方の違いはあるよね。まこちゃんは「自家発電笑い」。

まこ 自分でちょけて、自分で笑う（笑）。

かい 自家発電だから、全然面白くないことでひとり爆笑してることもある。なにがおもろい？ってことがよくあるよ（笑）。でも笑ってあげないと俺が悪いヤツみたいになっちゃうから、一応笑ってる。

まこ 俺はちょける以外にも、自分らの動画を見返して笑ってる。本当に面白い！

かい かいちゃんは……ちんちんを出して笑わせてくるよね！

まこ （笑）！　僕は自分の楽しかった話を共有して笑ってもらってます（笑）。

かい 毎日一緒に過ごしてるけど、話題がなくなることはないよね。

まこ そうだね、話題は尽きないいし、毎日笑ってる。

かい 無意識かもしれないけど、会話の最後にオチを付けようとはしてるよね。「最後にひと笑いもらっとこ！」みたいな。

かい うんうん、あるね。でもさ、最近悩みがあるんだよね。まこちゃんの中では俺がツッコミ役になってるみたいで、俺がボケてもなんもツッコんでくれない（笑）。自分はボケを連発して俺に拾わせようとするのに、俺のボケは拾ってくれないよね。俺がボケると「……うん」みたいな（笑）。なにこれ⁉

まこ かいちゃんのボケを上回るボケを考えちゃうの（笑）。ボケにボケを重ねようとする方向性を考えてる。まぁ、俺が「ツッコめない」ってのもあるけど……。

かい たまにはツッコんでよ（笑）！

まこ 俺は自分がちょけてるのがすごい楽しいんだよね。どこでもふざけ倒してるのが楽しくて、ついついボケにまわっちゃう（笑）。

かい　一つひとつを記憶できないくらい、しょうもないところでいつも笑ってるよね。たとえば、野菜の形が顔みたいに見えるとか……。あと男ならではですけど、ちんちんっぽい形に見えるもので笑ったり……（笑）。傍から見たら、なにがおもろいん？　って思うんじゃないかな。

まこ　モノボケとか、モノマネとか、替え歌とか……なんでも笑えるね。笑いのツボは、いつまでたっても小学生レベルかも（笑）。かいちゃんなんて、本当に四六時中おならするし。

かい　最近は、わざわざ膝の上に乗ってプーと（笑）。

まこ　ちょっと踏ん張って出してるよね。頑張るならやらないでよ（笑）。……こんなレベルの、本当にしょうもないやり取りばっかり。でもこんな日常のやり取りでも笑いは起きるし、それが伝播してもっと笑えるよね。

かい　まこちゃんはゲラだしね。なおさら笑ってる。

まこ　女の子相手ではできないようなことばっかかしてるよね。家に帰ってすぐすっぽんぽんになって、屁をして……（笑）。俺、女の子にはこんなことできないよ。このままじゃ彼女できない（笑）。そのくらい気を許せてるからこそ、しょうもないことで笑い合えてるんだろうね。

かい 良い関係だよね。

まこ 最近面白かったのは、リョウタがYouTubeを編集してて、漢字に弱すぎて字幕がわけ分からなくなってたこと（笑）。日常のありとあらゆるところに笑いがあるね。

かい 一緒に住み始めてからも、なんのマンネリもないね。

まこ そうだね。一緒に働いてたときも、お昼に会話してても飲み会でも楽しかったし、今も変わらず楽しい。笑いの絶えない家庭だ！

かい YouTubeはホームビデオみたいな感じだね。

まこ 本当にそうだね。後から合流したリョウタも含めて、みんな気を許し合ってる。

かい リョウタもだいぶ自分らしさ出してるよね。

まこ リョウタはうちに来た頃はちょっと人生の下り坂で大人しかったから、馴染めるかちょっと心配してたんだよね。僕ら、片方が風呂入っててもドア開けてずっと会話してるみたいな状態だったから……。

かい トイレ中もドア開けてしゃべってたね（笑）。

まこ そんくらいの距離感だったから入り込めないいんじゃないかと心配してたけど、うまく入ってきたよね。僕らが楽しそうにしているのを見て彼も楽しんでくれたみたいで。やっぱりさ、笑うのって大事だよね。もし笑えることがないって人がいたら、僕らの動画で笑ってほしい。なにか一つでも笑えることがあるだけで、毎日は楽しくなるから。僕らの動画がそのヒントになったら良いな。

ちょっと誇張して笑ったって良い！その積み重ねが人生を楽しくする

まこちゃん

僕は、「笑い」が自分の人生を作ってきたと思っています。

幼稚園の頃にはすでに、いつもニコニコしていた記憶があります。

母親が言うに、僕は「自分から友達に話しかけに行く」タイプ。幼少期からそんな感じなので、根っから明るい性格なんだと思います。

こんな性格なので、クラスや部活ではいつも中心にいました。どの時代の自分を振り返っても、ニヤニヤ、もしくはガハハと笑っています。

笑いが消えた時期も、特にありません。

中二病や反抗期がなかったので、ずっと笑っていました。環境にも恵まれたと思います。

僕にとって、「笑い」は常に側にあるもの。

笑いを大切にする……というより、幼少期から笑ってきた積み重ねで今の僕がある、という感じです。

僕はたくさん笑ってきたことによって良い人生になったと思っているので、今SNSで「笑い」を伝えられていることに喜びを感じています。

僕が楽しいと思うことを皆さんと共有して、同じように楽しんでもらえるって本当にすごいこと。今までは自分がただ笑っているだけだったけど、これから自分の発信を通じて、皆さんに笑いを届けられることを幸せだと思っています。

人それぞれ、生きてきた環境は異なります。中には、笑ってなんていられないくらい、辛い環境で生きてきた人もいると思います。

だけど、せっかく生きるなら、「楽しい」「面白い」とたくさん感じてほしい。誰にでも、楽しいと思える出来事はあると思います。せっかくなら、その「楽しい」という感情を大きく表現してみてほしい！

ちょっと誇張して笑ってみても良い。

それがきっかけで場が明るくなるし、自分ももっと楽しくなれるから。そういう経験の積み重ねで、人生はもっと楽しくなります。

僕の場合は、楽しいと思うレベルが低いのもあるかもしれません。

でもこれって、斜に構えず、どんな些細なことでも素直に楽しめているということ。万物を素直に受け取り、なんでも楽しむ心構えが「笑って生きる」秘訣です。

アレ？　さっきからずっと笑えとしか言ってなくない？　これ笑い所です。

笑わなかった僕が、「笑いを届けたい」と思うようになった理由

BY

かいちゃん

まこちゃんが〝天性の笑いの人〟だとしたら、僕はその真逆。僕は、元々は全然笑わない人間でした。

物心ついた頃には父親がおらず、裕福でもなかった僕。一般的なまわりの家庭とは違った環境だし、幼少期を思い返すと、辛い経験のほうが多かったと思います。正直言うと、生きている意味を見失いかけていた時期もありました。でもそんな僕を救ったのは、友達と笑い合う時間。友達と一緒に楽しく笑う時間があったからこそ、僕はこの辛い時期を乗り越えることができました。

そして、もうひとつ。「まわりの人を笑顔にしたい」と思うようになった決定的な出来事があります。これは僕の人生において本当に大きなことで、今でも後悔し

ていること。僕の人生に多大な影響を与えた出来事です。

それは親友の死。

僕が「男女の友情はある」と考えていることは、別の章でもお話ししました。自信を持ってそう言えるのは、高校で出会ったとある女の子の存在があるからです。

僕は彼女とすごく仲が良く、性別なんて気にしない深い絆で結ばれていました。他愛もない話を何時間も電話で話したり、女の子のお母さんやお父さんと会ったりするほど僕に取ってはかけがえのない大切な友人でした。

看護師を目指していた彼女は、大学に進学した僕よりも早く社会に出て働き始めました。高校卒業後も変わりなく僕らの関係は続き、、旅行に行ったり、誕生日を祝ったり、一生この関係は続くものだと思っていました。

ですが、ある日突然、彼女は自ら命を絶ちました。

彼女の訃報を聞いた時の感情は今でも忘れません。「突然」というのはこっちの勝手な見方であって、きっと彼女はずっと長い間苦しんでいたのだと思います。弱みを人に見せない彼女なりの悩みや葛藤があったのだと思います。

それなのに僕は、彼女の状態に気づくことができなかったのです。僕は自分が人生で一番辛い時期に助けてもらった友達が一番辛いことに気づくことさえできなかったのです。電話をすれば、もっと会いにいけば、何かできることはあったかもしれない。結局、僕は何もできず、彼女の亡骸の前で泣くだけでした。

今でもこの後悔は消えることはありません。

きっと世の中には彼女のように、「友達や家族に弱みを見せず、心配をかけず、強く生きているけど実は誰にも言えない感情があったり、ひとりで悩んでいる人が多いんだ」と思うんです。

この生きづらい世の中で、笑えなくなっている、どこか人生を諦めている、何も変わらない平凡な日常の繰り返し、そんな嫌気がさしている人は多いと思います。かつての僕みたいに。

でも、きっとそんな日常は少しのきっかけで大きく変わると思う。いや、変わってほしい。だから、どこかの誰か、どこでみてるか、どんな顔をしているかわからないけど、少しでいいから「笑顔になってほしい」、あわよくば「笑顔が増えるきっかけになってほしい」。この出来事をただ後悔するだけで終わらせるのではなく、この先僕が救える人がいるなら、その人たちのために動きたい。

そのために、SNSでの発信を始めました。まこちゃんの「笑い声」と僕の「笑顔」で「笑い」を届けるんだと。

僕がいう「笑う」って、腹を抱えて大笑いするようなものではないのです。もっと小さな笑いでも良い。日常の些細な出来事でも笑顔になれるし、ポジティブになれる。そんな笑いの積み重ねが、きっと人生を良くするんだと思います。ニコニコしていれば、チャンスって後からついてきます。だって、まこちゃんは笑っていただけで僕に誘われて、新しい世界に飛び込み楽しんでいるんだもん。最初は作り笑いでもいい、とりあえず、ちょっと笑うだけでも、人生は少しずつ前向きになるはずです。

なあ！　俺らの笑い声そっちまで届いてるかなぁ！　届いてたら「いいね」してくれよな！

日常のマイナスは、笑ってプラスに変換

まこちゃん

「笑え」と言われても「そんなに日常に面白いことないよ！」って人も、きっといますよね。僕が思うに、日常で起きるすべてのことは「笑い」に変換できます。悲しいことも、腹の立つことも、捉え方と表現次第で面白くなるのです。

たとえば……

先日、満員電車に乗っていたときのこと。僕の隣に、物凄くスパイシーな香りを放つ人が立っていました。ギュウギュウなので、僕とその人は密着……電車を降りてもにおいがするので、おそるおそる右うでを嗅いでみたら、僕の右うでにスパイシーな香りが乗り移ってしまっていたのです……。

これ、人によってはまる1日気分が落ち込んじゃうくらいの出来事ですよね？　これがトラウマで、密着感のある満員電車に乗りたくなくなる人もいると思います。

でも僕の場合は違います。出社早々カバンも置かず、みんなに右うでの香りを嗅がせてまわりました。拭いても拭いてもにおいが取れない！　確かに最悪だけど、僕はこの出来事が物凄く面白かった。笑いながらみんなににおいをばら撒く僕を見て、上司は「お前がいると朝から本当に明るいな……」と言っていました。

嫌なことがあっても、それを「面白い」と思えば自分が楽しくなる。そしてまわりに伝播させることで、みんなで笑える。こうなれば、みーんなＨＡＰＰＹです。一見マイナスな出来事も、面白おかしく表現することで感情がプラスになるのです。難しいかもしれないけど、意識すれば誰だってできますよね？

うまくエピソードをしゃべれないときの必殺技は、自分がめっちゃ笑うこと。そうすれば「お前が笑ってちゃ伝わんないだろ（笑）！」みたいにツッコんでもらえます！

僕らがみんなに伝えたいこと

まこちゃん　かいちゃん

かい　この本を通じて皆さんに伝えたいのは、とにかく「笑ってほしい」ってこと！　もちろん人生には辛いこともあるけど、笑っていれば絶対に前向きになれる。僕らの本が、皆さんが意識的に笑うきっかけになったら嬉しいなぁ。

まこ　俺は先天的に笑いの星に生まれたタイプだけど、かいちゃんはそうじゃなかった。でも「笑いを届けたい」と活動しているし、今は毎日笑ってる！　人はいつからでも変われるよね。

かい　本当にそうだと思う。人生って素晴らしいものだから、あんまり後ろ向きに考えないでほしい！　泣いても笑っても、人生は一度きり。人はいつか必ず

まこ 死ぬ。だったら、笑ってたほうが良くない？

かい おお、なんか重い話してますねぇ！

まこ あはは（笑）。でもさ、どうせみんな死ぬんだから、残りの人生「悲しい」「辛い」だけ考えてるより、笑ってるほうが良いよ。肩の力抜いてやりたいことやりなよって思う！　……まぁ、努力は必要不可欠だけど（笑）。

かい 笑ってるからと言って、楽なわけじゃないもんね。

まこ そうそう。ふざけて笑ってるわけじゃなく、辛いときこそポジティブに努力して、笑って前に突き進む！

かい そうだね！　俺は元から笑う人間だから「そういう性格でしょ？」って思われちゃいそうだけど、本質的に見てほしいのは、俺の〝物事を楽しむ姿勢〟。どんなことからも楽しさを見出すって特殊能力じゃなくて、誰でもできると思うんだよね。物事の捉え方や考え方をちょっと変えるだけで、楽しめる余地があるはず！　少し視点を変えることは、誰にでもできる。で、もし難しいなら、僕らの動画を見てちょっとでも笑ってほしい！

おわりに

まず、この本を最後まで読んでいただきありがとうございました。

どうやったらこの本を手にとってくれたあなたが、今の人生よりも少しだけ幸せになれるかを常に考えて執筆しました。この本があなたの人生を豊かにする　助になったのであればこれほど嬉しいことはありません。

「はじめに」で書かせていただいた通り、僕らはまだ人生という旅の途中です。そしてあなたも旅の途中です。

思い返してみればこの本を執筆する機会を頂けたことも、僕らの活動でいろんな方々と出会えたことも、全ては僕らが「笑っていた」からなのです。

そしてこの先訪れる幸運も全て、「笑うこと」が引き寄せてくれるんだと信じています。

かといって僕らも四六時中笑っているわけではありません（それは流石に怖すぎるからね、いろんな意味で）。

たくさん悩んで、たくさん失敗して、たくさん苦しむことがあります。

ですがその何倍も笑うようにしてきました。幸せだから笑うんじゃない笑うから幸せなんです。


ここまで色々なことを述べましたが、最後に笑って過ごすかどうかを決めるのはあなたです。もしあなたが、「そんなことは難しい」と思うのであれば、僕らを見ていてください。

僕らが率先して笑い飛ばします。

歳を取って体が衰えて、髪が抜けて、入れ歯になっても。そんな姿でもずっと笑っていることをここにお約束いたします。

ワークライフバカンス

WORK LIFE VACANCE

ワークライフバカンス

2023年12月、彼女と別れたまこちゃんが、
同期のかいちゃんの家に転がり込んだことで始動。
翌春、築50年の古民家に拠点を移し、ふたりのルームシェア生活を
各種SNSで発信する動画クリエイター。
Instagram　@doukitodouseichu
TikTok　@doukitodouseichu
YouTube　@worklifevacance

笑《わら》えないこと吹《ふ》っ飛《と》ばして
バカンスみたいな人《じん》生《せい》を

2025年1月29日　初版発行

著　者　ワークライフバカンス
発行者　山下 直久
発　行　株式会社KADOKAWA
〒102-8177　東京都千代田区富士見2-13-3
電話　0570-002-301（ナビダイヤル）
印刷所　TOPPANクロレ株式会社
製本所　TOPPANクロレ株式会社

ISBN 978-4-04-684263-3　C0095